TAKE
SHOBO

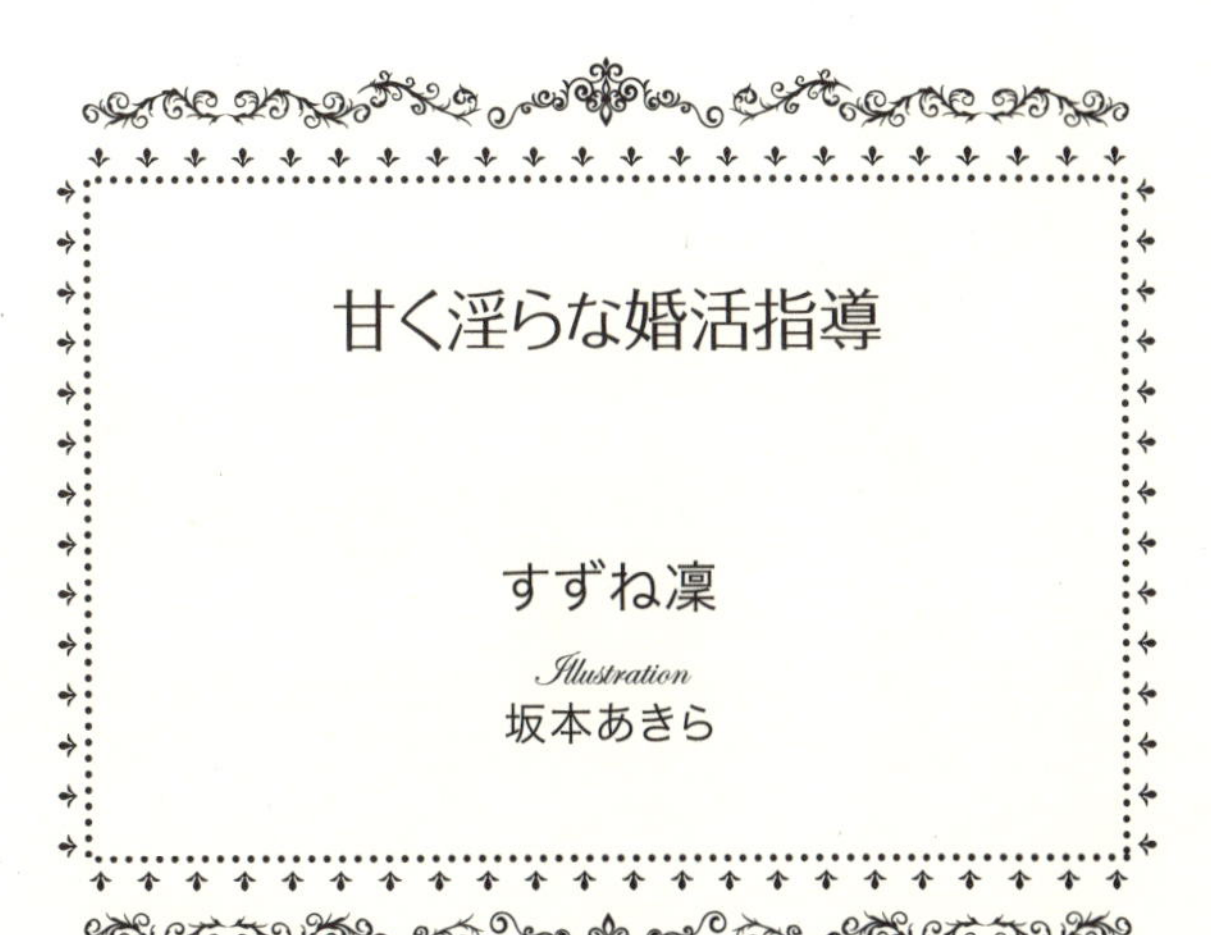

甘く淫らな婚活指導

すずね凜

Illustration
坂本あきら

contents

イラスト／坂本あきら

甘く淫らな婚活指導

序章

「旗竿（ポール）」

それが、フローラ・ハワードに付けられたあだ名であった。

ハワード男爵夫妻には、六人の娘がいる。

どの子も、両親によく似たふわふわのブロンドに青い目を持ち小柄で華奢（きゃしゃ）な、愛らしい娘ばかりである。

だが、五番目の娘、フローラだけは違っていた。

彼女だけは祖母から受け継いだまっすぐな黒い髪と黒い目で、その上に同年代の娘より頭ひとつ分も背が高かった。

姉たちや妹は、のっぽのフローラを「旗竿」と呼んでからかった。

幼い彼女は深く傷つき、自分の容姿にひどい劣等感を抱いていたのだ。

あれはフローラが七歳の誕生日の時だ。

フローラは朝から憂鬱だった。

毎年両親は、娘たちの誕生日を親戚一同を集めて盛大に祝ってくれる。

誕生日の娘はお気に入りのドレスに身を包み、生花で飾られた大広間の一番いい席に、王女様みたいに座っていられる。誰もがにこやかにおめでとうと言ってくれて、豪華な料理、大きなバースデーケーキ、たくさんのプレゼント、楽団が美しい曲を奏で、余興には手品師や犬のサーカス団などが招かれたりもする——女の子なら誰だって憧れてしまうだろうステキな誕生祝いだ。

でもフローラにとっては、拷問の時間以外の何物でもない。

だって、金髪碧眼の美麗な両親と姉妹たちに囲まれて、衆人環視の中で過ごさねばならないのだ。

お祝いに訪れた親戚たちは、必ず真っ先に姉妹を誉めそやす。

「まあマリーナ、なんて美人さんになったの？」

「ロザリンデはもうすっかり小さな貴婦人ね」

「レティシアはまるで天使みたい」

今日の主役であるはずのフローラを差し置いて、皆の目は美しい姉妹にいってしまう。

そしてその後で、取ってつけたみたいに言うのだ。

「フローラ、お誕生日おめでとう、また背が伸びたかしら」

「おめでとうフローラ、とても元気そうだね」

「誕生日おめでとう、フローラ。そのドレス、とても綺麗だわ」

容姿に褒めどころがないから、みんな苦し紛れのお世辞を言う。

それがフローラには苦痛で仕方ない。

本当は派手に誕生日など祝ってほしくないのだが、たったひとつ毎年楽しみにしていることがあり、そのために我慢して席についているのだ。

「奥様、ブラウニー男爵ご一家の到着です」

執事が母の耳元でささやくのを、フローラは聞き逃さなかった。

彼女はうつむいていた顔をそっと上げる。

大広間の入り口に、ブラウニー男爵家の姿が見える。

礼装に身を包んだ、茶色の髪の十歳くらいの少年もいた。

フローラはにわかに顔が赤らみ、心臓がドキドキしてくる。

ブラウニー男爵夫婦が近づいてきて、母ににこやかに挨拶をする。

「おまねきいただき、感謝します」

ブラウニー夫妻の後ろに付いた少年は、礼儀正しく母に頭を下げた。

「ご招待ありがとう、叔母さん」

その少年は、フローラに顔を向けにっこりした。

「お誕生日おめでとう、フローラ」

名前を呼ばれて、フローラは息が苦しくなるほど嬉しくなる。

「ありがとう……チャールズ」

チャールズと呼ばれた少年は、ポケットからリボンで飾った小さな包みを取り出した。

「これ、誕生日のプレゼントだよ」

「あ、ありがとう、うれしい」

おずおずプレゼントを受け取る。

「開けてみて、フローラ」

チャールズが優しく言うので、うなずいて包みを開ける。

中からクリスタルで飾られた小さな手鏡が出てきた。

「わあ、ステキ！　ありがとう！」

フローラは目を輝かせて手鏡を胸に抱きしめた。

「まあチャールズ、いつもありがとう。ほんとうに、あなたはいい息子さんだわ」

母に礼を言われ、チャールズは恥ずかしそうに微笑む。

「いいえ叔母さん、フローラは仲良しの友だちですから、当然です」

フローラは身体中が熱くなる。

あまたいる従兄弟たちの中で、チャールズだけはいつも優しい。他の従兄弟たちは、フローラの黒い髪や背の高さをからかったりするけれど、彼だけは決してそんなことはしない。

毎年、誕生日にチャールズと会えることだけが、フローラの密かな楽しみだったのだ。

会食が終わり、大人たちが大広間のあちこちで歓談を始めると、フローラはそっと席を立った。

今日の日に、心に決めていたことがあったのだ。

フローラは、庭に面したバルコニーで妹のコニーとおしゃべりをしているチャールズに、そうっと近づいた。

「あの……チャールズ、少しお時間いい？　わたし、お話しが……」

振り返ったチャールズは、にこやかに答える。白い歯が眩しい。

「いいとも、フローラ。なんだい？」

フローラはどきまぎして真っ赤になってしまう。

「あ、あの……お庭にいきましょう」

チャールズを薔薇のアーチのある庭園に案内する。

並んで歩くと少し自分の方が背が高いので、わざと先に立って歩いた。

アーチの下に来ると、振り返って口ごもりながら言う。

「今日はステキなプレゼント、ありがとう」

「いいんだよ、他ならぬ君の誕生日だもの」

フローラはごくりと生唾を飲み込み、思い切って言う。

「あのね、わたし、もうひとつだけ、あなたからプレゼントがほしいの」

チャールズは笑みを絶やさない。

「なんだい、なんでも言って」

フローラは一つ息を吐き、小声で告白する。

「わたし、チャールズのこと、とてもステキだなって思っているの……だからね、貴婦人にするみたいに、手にキスしてくれたら、ほんとうに嬉しいなあって……」

心臓がばくばくいって破裂しそうだけれど、ちゃんと最後まで言えたことにほっとする。

はにかんだ笑顔を浮かべてチャールズを見たフローラは、はっとする。

彼は見たこともない気難しい表情を浮かべていた。

「あ、あの……チャールズ？」

「君に、キスだって？」

チャールズの声がにわかに低くなる。

フローラは戸惑って視線を彷徨わせた。

「ご、ごめんなさい……ずうずうしかったかも……」

「その通りだよ！」

ふいにチャールズが声を荒立てた。フローラはびくりと肩を竦(すく)めた。

「僕が親切だからって、いい気になるなよ！　ほんとは、君みたいな陰気臭いのっぽの女の子なんて好きじゃないんだ。だけど、両親がみそっかすの君がかわいそうだから、仲良くしてやれって言うからさ、仕方なく優しくして上げてるんだ。君の誕生日から帰ってくると、必ず両親からお小遣いがもらえるしね」

フローラは頭を何かで強く殴られたみたいな衝撃を受けた。

あんなに優しそうだったチャールズが、今は汚いものでも見るみたいな目つきでこちらを睨(にら)んでいる。

「……みそっかす……そんな……」

鼻の奥がツーンと痛み、涙が喉元まで込み上げてきた。

チャールズはさらに言い募る。

「僕の贈った手鏡で、よく自分の顔を眺めるがいいさ。『旗竿』さん」

フローラは、全身からさーっと音を立てて血の気が引いていく気がした。

そのあだ名だけは、チャールズの口から聞きたくはなかったのに――。

踵(きびす)を返してその場を去っていくチャールズの背中を、呆然(ぼうぜん)として見送る。

気がつくと、庭園には一人っきり。

向こうの屋敷の方から、美しい音楽の調べと楽しげに語らう家族や招待客たちの声が流れてくる。

「う……ううっ……」

ぽたぽたと大粒の涙が頬を流れ落ちた。

屈辱と怒りと悲しみで、心がずたずたに切り裂かれる。

「『旗竿』さん……」

フローラは、スカートのポケットから先ほどチャールズにもらった手鏡を取り出す。

顔に向けると、そこには目を真っ赤に泣きはらしたみっともない自分の顔が写っている。悪魔の子どもみたいな真っ黒な髪に真っ黒な目。

「いやっ！」

フローラは思わず手鏡を放り投げた。

かしゃんと鋭い音がして、地面に落ちた鏡が粉々に砕け散る。

「いやっ、いやっ、いやぁ……」

フローラはその場にしゃがみ込み、両手で顔を覆って号泣した。

自分は美しい白鳥の中の醜いアヒルの子だ——心から自分のことが嫌いになった。

フローラはそれ以来、前髪を深く下ろして顔を隠し、背を少しでも低く見せようと背を丸め、人と視線を合わさないようにした。

伏し目がちで無口になり、特に異性とはほとんど口をきかなかった。

その後の誕生日にもチャールズは訪れたけれど、もう二度とフローラに笑いかけてくれることはなかった。フローラの方も、彼のことは極力避けるようにした。

フローラは、おしゃれにも美容にも関心がないそぶりで、本ばかり読むようになった。

姉妹たちが週末ごとに着飾って、社交界のあちこちで催される舞踏会や晩餐会(ばんさんかい)に嬉々として出かけるのを横目に、ひとり屋敷に残ってピアノの練習や絵を描くことに専念した。

そうして年月が経(た)ち、年ごろになった姉たちは、次々によいお相手に見初められて、結婚していった。

いつしかフローラは十九歳になっていた。

男爵家に残った娘は、フローラと一つ年下の妹のコニーだけになっていた。

さすがに両親もフローラの行く末を心配して、何度もお見合い話をもってくるのだが、男性恐怖症な上に傷つくことが怖い彼女はすべて断ってしまった。

醜い自分には、恋もデートも結婚も一生縁がないだろう。

フローラはすでに諦めきって、そう思い込んでいる。

第一章　婚活始めます

青い海に囲まれた島国ハルトニア大公国は、穏やかな気候と肥沃な土地に恵まれ、名主の誉れ高い現大公の統治下、民たちは幸せに暮らしている。

そのハルトニアの中央に位置する首都メイビスは、国の政治を仕切る大公の住まう大きな城があり、文化も商業も栄えていた。

クレメンス・ウィンザーは、格式高い侯爵家の生まれで、知性に優れ大公陛下の有能な政治アドバイザーである。

その上に二メートル近い長身、鍛え抜いた肉体、柔らかな金髪、知的な青い目、整った容貌の持ち主だ。

今年三十五歳の男盛りの彼は、現在独身ということも相まって、社交界中の貴婦人たちから熱い視線を送られる存在である。

だが、彼はいつもどことなく憂鬱そうであった。

「今夜の夜会には、首都でも有数な貴族の娘さんばかり集まっているのだから、よくよく相手を見極めるのですよ、クレメンス」

隣の席に座っていた母が扇で口元を覆いながら、クレメンスにだけ聞こえる声でささやく。

もう今夜でそのセリフを聞くのは何度目だろう。

「承知しております、母上」

クレメンスは少しうんざりした声で答える。

少し足が悪い母の付き添いで、大公陛下の妹にあたる公爵夫人主催の夜会に出席したものの、少しも楽しめない。

大広間の壁際に並べた椅子に深く腰を下ろし、ワルツに興じている男女をむすっと見つめていた。

母の意図は見え見えである。

クレメンスは十年前にとある理由で離婚している。それ以来、積極的に女性と付き合うことは避けてきた。

だが母は、クレメンスが一人っ子であることでウィンザー家の将来を憂えていて、なにかとクレメンスに再婚を迫ってくるのだ。

母の心配もわかるが、クレメンスは二度と結婚する気はない。

先々、従兄弟の家の子どもを養子にもらってウィンザー家を継がせればいいと思っている。

こういう社交界の集まりに顔を出すと、独身の令嬢たちの熱い視線に晒されるので、いたたまれない気持ちになるのだ。

「あら、ケイト・ハリスン伯爵令嬢よ。ごきげんよう、ケイトさん」

ふいに母がよそ行きの声を出した。

「まあ、ウィンザー侯爵夫人、ごきげんよう」

気取った若い女性の声がした。

我関せずと靴の先を眺めていたクレメンスは、ふっと顔を上げる。

目の前に真っ赤なノースリーブのドレスに身を包んだ、若い令嬢がニコニコしながら立っていた。

年の頃は十八歳くらいか、金髪に青い目、手入れの行き届いた白い肌、少し化粧が濃い気がするが、なかなか美人である。ケイトと呼ばれたその令嬢は、クレメンスにも挨拶してきた。

「侯爵様、ごきげんよう」

彼女はすっと右手を差し出した。

クレメンスはその手を取り、手の甲にそつなく口づけして答える。

「ごきげんよう、ハリスン伯爵令嬢」

母は二人を交互に見遣ると、突然何かを思い出したように声を上げる。

「ああそうだわ、私、公爵夫人と折り入ってお話があったのだわ」

母は椅子からゆっくりと立ち上がると、クレメンスに向かって言う。

「クレメンス、私は遅くなるから、後から辻馬車（つじばしゃ）を呼んでもらって帰ります。あなたはケイトさんをおうちまで送ってさしあげなさい」

「まあ侯爵夫人、お気づかいなく」

ケイトは口では遠慮しつつも、ちらちらとクレメンスに流し目を送ってきた。

「それじゃあ、あとはよろしくね、クレメンス」

母は杖（つえ）を使いながらその場を離れていく。

クレメンスは内心、してやられたと思う。

ケイト嬢と自分を引き合わせるために、母が仕組んだことは明らかだ。

だが、若い令嬢を邪険にするわけにもいかない。

クレメンスは小さくため息をつき、しかし礼儀正しくケイトに言った。

「それではハリスン嬢、お宅までうちの馬車でお送りいたします」

「あら嬉しいわ！」

ケイトはさっとクレメンスの右腕に自分の腕を絡めてきた。

そしてぎゅっと身体を押しつけてくる。

小柄な彼女は、長身のクレメンスにぶら下がるような格好になった。

「お願いするわ、クレメンス様」

彼女は媚態たっぷりの笑顔でこちらを見上げてくる。

クレメンスはいささか恥じらいに欠けたケイトの態度に内心不快であったが、顔には出さずうなずく。

「では参りましょうか」

二人が腕を組んで会場を出て行くのを、たくさんの令嬢が羨望の眼差しで見送っていた。

「ああ夢のようですわ。社交界のプリンスと呼ばれているクレメンス様に送っていただけるなんて。今宵の夜会に出てきて、本当によかったわ」

送っていく馬車の中では、向かいの席に座ったケイトが興奮気味にしゃべり続けている。

クレメンスは長い足を組んで座席に深くもたれ、時々相槌を打っていた。

ケイトの話は独りよがりで退屈で、クレメンスは早く彼女の屋敷に到着しないかそればかりを考えている。

やっと馬車が止まると、クレメンスは素早く先に降り、うやうやしくケイトに手を差し出す。

「どうぞ」

「ありがとう」

ケイトは気取って片手をクレメンスに預け、馬車を降りようとした。

と、ふいに彼女の身体がそのまま前に倒れてきた。

「きゃあっ」

「危ない」

クレメンスはとっさにケイトの身体を抱きとめる。

ケイトはぎゅっとクレメンスの胸にしがみついた。

「大丈夫ですか?」

クレメンスが気遣わしげに覗き込むと、ケイトは目を閉じてこちらに顔を上げてきた。その表情はうっとりしている。

唇を突き出し、いかにも口づけを待ち受けている感じだ。わざと転んだのは明白だ。

クレメンスはそっとケイトの身体を離し、何食わぬ顔で言う。

「危ないところでしたね、お怪我がなくてなによりです」

ケイトは不満げに目を開けた。

「では、私はこれで失礼させていただきます」

クレメンスが会釈すると、ケイトが甘えるような声でつぶやく。

「淑女にお休みのキスはしてくださらないの?」

クレメンスは軽く咳払いして答える。

「御令嬢、真の淑女というものは、自分から男の腕に身を投げたりキスをせがんだりと、はしたない行為はしないものですよ」

ケイトの顔が真っ赤に染まる。

「ま、まあ――！」

クレメンスは優雅に馬車のステップに足をかけ、もう一度頭を下げる。

「では、おやすみなさい」

そして素早く馬車に乗り込んだ。

「し、失礼きわまりないわ！　ウィンザー侯爵！」

ケイトが怒鳴ってくる。

クレメンスは聞こえぬふりで、御者に声をかけた。

「屋敷に戻ってくれ」

馬車が走り出すと、クレメンスはやれやれと肩をすくめた。

あんな虎視眈々（こしたんたん）とこちらに狙いを定めている肉食系の御令嬢など、ごめんこうむる。

「私はもう二度と、結婚などする気はないのだからな」

クレメンスは自分に言い聞かせるように、そっとつぶやいた。

胸の中にかすかに侘（わび）しい風が吹いたような気がしたが、それには敢（あ）えて目を瞑（つぶ）った。


早春吉日。

首都郊外の大聖堂では、今まさにハワード男爵家令嬢の結婚式が執り行われようとしていた。

フローラは、妹コニーの花嫁付添人（ブライズメイド）として出席している。

とうとう妹に先を越されてしまったのだ。

これでハワード家で未婚なのはフローラだけになってしまった。

そのことはもう諦めていたのでどうでもいい。

けれど、気持ちはどんどん沈んでいく。花嫁側の席に腰を下ろしたフローラは、深くうなだれている。ほんとうはここに座りたくなかった。

フローラには、どうしても妹の結婚式に出席したくない理由があった。

なぜなら――。

大聖堂の祭壇の前では、ちょうど新郎新婦が結婚の誓いを交わしている最中だ。

荘厳な礼装に身を包んだ司祭様が重々しく言う。

「新郎チャールズ・ブラウニー、あなたは新婦コニー・ハワードを妻とすることを誓いますか？」

その瞬間、フローラは耳を塞ぎたくなった。

「はい、誓います」

チャールズの少し上ずった声が聞こえる。

そう、フローラの初恋の人、従兄弟のチャールズは、妹コニーにプロポーズしたのだ。

煙るようなふわふわの金髪、澄んだ青い目、愛らしい顔、華奢で小柄で色白な可憐なコニー。胸の奥底にどろどろした暗い感情が渦巻いて、苦しくてならない。けれどフローラは、そんな気持ちを押し殺し、心から妹の結婚を祝福しようとした。

なるだけ式の進行は見ないようにして、ただ拍手だけを送り続ける。

大聖堂での誓約式が無事終わり、新郎新婦を交えた両家の招待客たちは教会の裏手にある野外レストランで会食を取るために、移動を始めた。

ブライズメイドであるフローラは、後ろに長く裳裾を引く純白のウェディングドレスの端を捌く役目がある。

大勢の招待客に囲まれて並んでいる新郎新婦の後ろから、フローラは近づいて声をかけた。

「コニー、おめでとう」

コニーは頬をピンクに上気させ、幸せそうに答える。

「ありがとう、お姉様」

フローラはコニーの隣のチャールズにもお祝いを言おうとした。目を合わせたくないので、少し俯いた。

「おめでとう、チャールズ」

チャールズは鷹揚にうなずく。

「ありがとう、フローラ」

それから彼は、フローラの方へ顔を寄せ、彼女にだけ聞こえる声でささやいた。

「君さ、街に出て、どこかの住み込みの家庭教師にでもなったらどう？　妻に行き遅れの陰気臭い姉がいるのは彼女の評判にかかわるから、早く屋敷を出て行ったほうが身のためだよ――『旗竿』さん」

「‼」

一瞬目の前が真っ暗になった。

チャールズは素知らぬ顔でコニーの方を振り向き、この上なくにこやかに微笑みかけ彼女の額に口付けた。コニーが嬉しそうに頬を染める。

フローラは足が細く震えてくる。

お祝いの場で、こんなひどい言葉を言われるなんて――。

新郎新婦がレストラン会場へ移動を始め、招待客もぞろぞろと後に続く。

フローラだけがその場に棒立ちになっていた。

悔し涙が目に溢れてくるが、人前で泣くものかと必死に唇を噛み締めて耐える。

ほとんどがレストラン会場に姿を消すと、フローラはこっそりとその場を離れた。

幸せいっぱいの妹夫婦の姿を見るのは、もう耐えきれなかった。

メインストリートの歩道をまっすぐにどんどん歩いて行った。

いつの間にか涙が溢れていることにも気がつかなかった。

往来を行き交う人は、背の高い晴れ着の女性が泣きながら歩いている姿に、ぎょっとしたように振り返るが、それを気にとめる余裕もない。

(ひどい、あんまりだ、あんまりよ……!)

フローラは絶望感と悲しみで胸が張り裂けそうだった。

なぜ自分だけ、こんなのっぽで真っ黒な髪と目に生まれてきてしまったのだろう。

こんな醜い自分なんか大嫌いだ。

最後にチャールズに言われた言葉が頭の中にいつまでもこだまする。

(旗竿さん、旗竿さん、旗竿さん——)

すっかり息が上がってしまい、フローラは立ち止まると歩道の石壁にもたれて激しく上下する胸を押さえた。

呼吸が落ち着いてくるにつれ、次第に心の中に歯がゆい気持ちが湧き上がってくる。

フローラは両手でごしごしと涙を拭う。

「悔しい……」

このままチャールズの言う通りになるなんて、口惜しい。

フローラはぎゅっと唇を噛み締めた。

(こうなったら……ぜったい結婚してやるんだ)

フローラはキッと顔を上げる。

（そうよ、二十歳までに結婚してやる。チャールズなんかより、もっと恰好よくてお金持ちで身分の高い男の人と、結婚するんだ！）

そう胸の中で強く叫ぶと、なんだか心が強くなるような気がした。

明日から引っ込み思案を捨てて、頑張って婚活しよう――。

「舞踏会に行きたいって、ですって？」

応接間で読書をしていた母であるハワード男爵夫人は、手から本を取り落とした。そして、フローラをまじまじと見た。

コニーの結婚式の翌日、フローラは母に婚活を始めると打ち明けたのだ。

「フローラ、どういう風の吹き回し？　本気なの？　あれほど人前に出るのを嫌がっていたのに？」

母は熱でもあるのかと、立ち上がって背伸びしてフローラの額に手を当てる。

フローラは苦笑しながら答えた。

「お母さま、本気よ。私ね、二十歳までにぜったい素敵な殿方を見つけて、結婚するって決めたの」

母は少し安堵した表情になる。

「まあ、そうなの。ようやくその気になったのね。よかったわ。それじゃあ、早速週末の夜会や舞踏会を開く予定のお宅に、連絡をしてみるわ」

「はい、お母さま。お願いします」

決心したら善は急げだ。

フローラは母が手配してくれた某伯爵家の週末の夜会に出かけることになった。

ただ、心を決めたものの、自信はない。

容姿や背の高さを変えられるものではないからだ。

今まで地味な茶色や紺色の飾りの少ないドレスばかり着て、背の高さを隠すためにペタンコの靴を履き、化粧もろくにしないで、前髪を深く下ろして顔を隠すような髪形にして過ごしていた。

おしゃれしたり着飾ることを知らない。

母が姉妹のドレスの裾を急ごしらえで下ろしてくれて、それを着ていくことにした。しかし、ひらひらしたフリルやリボンのいっぱいついた赤やピンク色のドレスは、スレンダーで長身なフローラにはあまり似合わなかった。

これ以上のっぽを強調したくないから、ヒールのある靴は拒んだ。

顔をはっきり出すような髪形も嫌だ。

いちおうそれらしい格好を支度してみたが、鏡に映った自分の姿に、正直フローラはがっかりしてしまう。かかしがドレスを着たみたいだ。

（ちっともかわいくない……）

すでに心が折れそうだったが、ここで引くわけにはいかない。

夜会に同伴するお目付役には、近所に住む未亡人のハンナ叔母が名乗りを上げてくれた。

当日。

「フローラ、さあ行きましょう」

階下からハンナ叔母が太い声で呼ぶ。

フローラは慌ててケープを羽織り、自分の部屋から玄関ホールへ降りて行った。

玄関ホールでは、母とハンナ叔母がしきりにおしゃべりしていた。

でっぷり太ったハンナ叔母は派手に着飾って、まるで孔雀（くじゃく）みたいだ。

「叔母さま、こんばんは。お、お待たせしました」

小声で挨拶すると、くるりと振り返ったハンナ叔母は、持ち前の大声でずけずけ言う。

「あらあ、そのドレス、似合わないわねぇー」

フローラはずきんと胸が痛んだ。

慌てて母が取りなす。

「ドレスが間に合わなかったので、姉ので丈を直しましたの。今回は目をつぶってくださいな」

ハンナ叔母は不満げにうなずく。

「しょうがないわねぇ」

二人して馬車に乗り込むと、ハンナ叔母は口うるさく夜会の心得をしゃべり出す。

「いいこと、淑女は常に、ニコニコ微笑むの。あんたはそれでなくても暗いんだから、とにかく殿方にはお愛想をふりまくの」

「は、はい……」

そんな意味もなく笑っていられるだろうか。

「話しかけられたら、おしとやかにね。殿方のお話には、はいはいってうなずいていればいいから。余計な口出しはしないのよ、でしゃばりだと思われるからね」

「はい……」

面白くもない話にも相槌を打たねばならないようだ。

「それから、夜会では食べ物をすすめられても、小鳥のようにちょっとだけつつくくらいにしなさいね。まちがっても殿方の前でばくばくものを食べないように。下品ですからね」

「はい……」

今日は一日緊張していて、ろくに食事をしていない。すでにお腹(なか)が空いているのに。

道中、ハンナ叔母にあれこれ言われ、すっかり頭の中が真っ白になってしまった。

伯爵家の屋敷に着く頃には、すでに気持ちはくたくたになっていた。

屋敷の玄関ホールには、招待された紳士淑女が集まっている。

ハンナ叔母と屋敷に入ったフローラは、その場の華やかな空気に圧倒された。来ている女性たちは、誰も彼も自分より数倍も艶やかで美しく思えた。

皆にこやかに笑い、鈴を転がすような綺麗な声で話している。殿方を見上げる目つきや首の傾げ方、扇を持ったり口元を覆う手の仕草がとてもなめらかだ。

自分に気取った声を出したり色っぽい仕草ができるものだろうか。

姉妹たちはみんな、あんなふうに自然に出来ていたのだろうか。

なんだか別世界の人々のようだ。

当主の伯爵夫人と挨拶を交わしているハンナ叔母の横で、フローラは萎縮して逃げ帰りたい気持ちになっていた。

ハンナ叔母の後から大広間に入っていくと、さらにそこは煌びやかな空気に満ちている。楽団が優雅な曲を演奏し、金ピカのお仕着せの侍従たちが飲み物のグラスを乗せた銀のお盆を持って招待客たちの間を行き交う。

女性たちは壁際の椅子やソファに腰をかけ、女同士のおしゃべりや話しかけてくる紳士との会話にいそしんでいる。

「さあ、私たちも座りましょう」

ハンナ叔母に促され、広間の一隅の椅子に腰を下ろしたフローラは、緊張でがちがちだった。

「そのうち殿方が話しかけてくるだろうから、淑女らしくふるまうのよ」

ハンナ叔母はそう耳打ちすると、隣の席の知り合いらしい年増（としま）の貴婦人とおしゃべりを始めてしまう。

フローラはどうしていいかわからないまま、膝の上を見つめて座っていた。

ほどなくして、一人の紳士が目の前に立つ。

「お嬢さん、お名前は？」

フローラはびくりとして、素っ頓狂な声を出してしまう。

「あっ、あ、あ、の、あの……」

話しかけてきた紳士は、驚いたように目を丸くする。そして、フローラの顔を見ると、なんだか残念そうに目を背けた。

「あ、いや、人違いです、失敬」

紳士はそのまま向こうへ行ってしまった。

「あ……」

フローラははーっと息を吐いた。

（今の人、わたしの顔を見てがっかりしていた……）

きっとなんて醜い娘だろうと思ったのだ。

しょっぱなからこれで、フローラはすっかり萎縮してしまった。

その後は、何人かの男性が声をかけてくるのだが、フローラは俯いたままぼそぼそと受け答えするのが精いっぱいだった。

どの男性も会話が続かないせいか、すぐにフローラの前から立ち去ってしまう。

その度に、フローラはどんどん自信喪失していく。

「ちょっとフローラ、もっと顔を上げなさいよ。愛想よ、愛想」

おしゃべりに夢中だったハンナ叔母が、気がついたようにフローラに声をかける。

「はい……」

そんなことを言われても、楽しくもないのに、にこにこなんかできない。

ずっとここに座っていなければならないのだろうか。もはや苦行である。

思っていた以上に婚活の道は厳しい。

と、ふいに柔らかな口調で一人の紳士が話しかけてきた。

「お嬢さん、一曲ダンスのお相手を願えませんか?」

「えっ?　わ、わたし、ですか?」

ぱっと顔を上げると、なかなかハンサムな青年が笑いかけている。

「そうですよ、あなたです。私はクロード子爵と申します」

名乗った青年が、手を差し出す。

どうしたらいいかわからず狼狽(うろた)えていると、ハンナ叔母がすかさず口を挟んだ。

「まあ、光栄ですわ。これは姪(めい)のフローラ・ハワード男爵嬢ですの。今日が社交界デビューなんですのよ、どうぞお手柔らかに」

　それからハンナ叔母はフローラに耳打ちした。

「ほら、早くダンスをしてきなさい」

「は、はい」

　弾かれたようにクロード子爵の手に自分の手を預ける。

　立ち上がると、相手より少し自分の方が背が高くて気まずい。

　でもクロード子爵は気にすることなく、フローラを大広間のフロアに誘導した。

「さあ、ワルツを」

　リードのポーズを彼が取るので、口ごもりながら言う。

「あ、あの、わたし、ダンス、下手で……」

　クロード子爵はにっこりする。

「いいんですよ。音楽に乗って適当に揺れていれば」

「は、はい」

　言われるまま、彼とダンスを踊った。

　異性とダンスするのは生まれて初めてで勝手がわからず、何度も相手の足を踏んでしまう。

　その度、穴があったら入りたいくらい恥ずかしい。

「ご、ごめんなさい」

おろおろ謝ると、クロード子爵は意に介さないように言った。

「いいんですよ。あなたはなんて、初心なんだろう」

ウブ、ってどういう意味だろうと思っていると、クロード子爵がそっと耳元でささやいた。

「とても可愛らしいです」

フローラがかあっと頭に血が上ってしまう。

異性に可愛いなんて言われたのも、生まれて初めてだ。

ぼうっとのぼせてしてしまい、ただクロード子爵の顔をながめている。

彼がぐっとフローラの腰を引きつけ、密着度を高めてきたのも気がつかなかった。

曲が終わっても、クロード子爵は手を離さない。

どうしていいかわからないフローラは、その場に立ち竦む。そうだ、お礼を言わないといけない。

「あ、あの、あの、ありがとうございまし……」

「今宵は可愛いあなたと別れがたい。どうでしょう、二丁目に深夜までやっているカフェがあるんです。そこでもっとお話ししませんか？」

「え、ええっ？」

彼とお茶を飲むということか？　異性と差し向かいで話したこともないのに。

心臓がばくばくする。

もしかして、この人はわたしを気に入ってくださったの？

気持ちが浮き立った。

「あ、あの……じゃ、じゃあ、叔母に言ってきます」

するとクロード子爵は、ぐっと手を強く握ってくる。

「私の侍従に叔母様に伝言させますよ。私はあなたが気に入りました。一刻も早く二人きりになりたいのです」

信じられない。

でも、始めて男の人に好意を持ってもらえた？

フローラは天にも昇る心持だった。

そのままクロード子爵に手を取られ、大広間を連れ出される。

クロード子爵はクロークでフローラのケープを受け取って、それを肩にかけてくれる。淑女として扱われたみたいで、嬉しい。

「玄関口に私の馬車が止めてありますから、それでカフェに行きましょう」

「はい……」

フローラはぼうっとしたままクロード子爵に連れられて、屋敷を出て玄関前に止めてあった馬車に誘導された。

先にフローラを乗り込ませたクロード子爵は、隣の座席に乗り込んでくる。

「あ――」

向かいの席が空いているのに――と、思うが端に身を寄せてなるだけ離れるようにした。

馬車が走り出すと、クロード子爵はすっと身体を近づけてくる。

そして、再びフローラの手を握ってくる。

「可愛い人だ、あなたは」

握ったフローラの手を、彼は口元に持ってきてちゅっと口づけした。

「きゃっ……」

フローラは驚いて手を引いてしまう。

さすがに、これは馴れ馴れしすぎると思う。

クロード子爵の表情は、わずかに強張る。

気を悪くさせたのだろうか。

「あの……子爵さま」

「これくらい、いいじゃないか」

クロード子爵の声は、にわかに冷ややかになる。

フローラは目を見開いて、相手をまじまじ見た。

「なんだ、気取ってるな。行き遅れの君に同情してやったのに」

「?」

突然、クロード子爵が乱暴にフローラの肩を引き寄せた。

「あっ」

相手の胸に倒れこむ形になり、そのまま強く抱き締められる。

驚愕して全身から血の気が引いた。

「やめ……やめてください、離して……！」

クロード子爵の顔が強引に寄せられてきた。

「キスくらいいいじゃないか。男に相手をしてほしくて、うずうずしてたんだろう？」

相手の豹変ぶりに、フローラは背筋が凍りついた。

「いやっ、離して、いやあっ」

必死で身を捩って抵抗する。

だが、狭い馬車の中で逃げ場もない。

自分より背は低いが、男の力にはかなわない。

「おとなしくしろよ」

クロード子爵の荒い息が顔にかかった。

「いやあっ！」

フローラは渾身の力を込めて相手を突き飛ばすと、とっさに馬車のドアを開けて身を乗り出した。

「あっ」

クロード子爵が驚いたような声を上げる。

フローラは、走っている馬車からさっと飛び降りた。

自分の浅はかさに頭が煮え立っていて、相手から逃れることしか考えていなかったのだ。

夜風にケープがなびき、帽子が吹き飛んだ。

髪がほつれ後ろになびく、身体が一瞬だけ宙に浮く。

あまりのショックで、

(このまま石畳に叩きつけられて死んでもかまわない)

そう思って、ぎゅっと目を瞑った。

刹那、ふわりと身体が受けとめられる。

たくましい腕と広い胸の中に——。

「お嬢さん、大丈夫ですか?」

深く艶やかな男性の声。

おそるおそる目を開く。

「あ……?」

柔らかなブロンド、知的な青い目、彫像のように整った美貌の男性がこちらを気遣わしげに覗き込んでいる。歳の頃は三十過ぎか。

落ち着いた態度に、大人の男の色気が滲み出ているようだ。

美しい。

こんな美しい男性は初めて見た。

フローラは恐怖も忘れ、見惚れてしまう。

男はしっかりとフローラを抱きかかえ、片手で乗っていた馬の手綱を繰る。

どうやらクロード子爵の馬車に馬で並走していた男性の腕の中に、飛び込んでしまったらしい。

「お怪我はありませんか？」

男の声は響きのよいコントラバスみたいで、ゾクゾクするほど色っぽい。

「は、はい……」

と、少し前を走っていたクロード子爵の馬車が急停止した。

中から慌てふためいた様子で、クロード子爵が飛び出してきた。

彼は馬に乗った男に抱かれているフローラを見て、安堵したような声を出す。

「ああ、ご令嬢。ご無事でなによりです」

馬車の中の傲慢な態度は微塵も見せない。

クロード子爵は両手をフローラの方に差し出す。

「さあ、お屋敷までお送りしますから、いらっしゃい」

フローラはびくりと身を竦め、思わず男の上着にぎゅっとしがみついた。

フローラの異様な怯(おび)え方を感じたのか、男が強い視線でクロード子爵を睨んだ。

「ミスター、このご令嬢はひどくあなたを怖がっているようだ。私が代わりに彼女をお送りしよう」

男は穏やかな口調なのに威圧感がある。

クロード子爵が顔色を変えた。そして吐き捨てるように言う。

「ははあ、そういうわけか、この尻軽女め」

フローラは唖然(あぜん)としてクロード子爵を見返した。

男が冷ややかにクロード子爵を見下ろす。

クロード子爵は憎々しげにわめいた。

「ウブなふりをして、もう次の男を見つけたというわけか」

「ひ、ひどい……！」

フローラは屈辱で全身が小刻みに震えてくる。こんなふうに罵倒されるいわれはまったくないのに。

と、男がいきなり馬の手綱を強く引いた。

馬がひひーんと高く嘶(いなな)き、クロード子爵の目の前で後ろ足だけで立って前足を大きく振った。

「ひっ」

クロード子爵は悲鳴を上げて尻餅をついた。

「はあっ」

男は馬に声をかけ、片足でその腹を蹴る。

馬がどどっと走り出す。

「わわっ」

クロード子爵は石畳を四つん這いになって馬を避けた。

男はそのまま馬を走らせていく。

「――」

フローラは目を丸くして男の顔を見上げる。

「ああいう軽薄な男は虫酸が走る」

男が吐き捨てるように言う。それから彼は、フローラに顔を振り向け、片目を瞑って微笑んだ。

「お嬢さん、敵討ちをしてあげましたよ」

フローラは胸の中のもやもやが一気に晴れていくような気がした。

振り返ると、まだ這いつくばっているクロード子爵の姿が、みるみる遠ざかっていく。

「ふふっ……」

笑いが漏れた。

「ああ、せいせいしました。ざまあごらんあそばせ、だわ」

すると男も笑みを浮かべた。

「ざまあみろ、ですな」

二人は顔を見合わせ、くすくす笑いを漏らした。


通りを抜けた先にある公園で、男は馬を止めフローラを抱き降ろしてくれた。

馬を降りてわかったのだが、男は長身のフローラよりもまだ頭一つ分背が高い。

彼は大きな木の下のベンチに自分の上着を脱いで敷き、フローラを座らせてくれた。

それが実に自然でスマートな感じで、フローラは本物の紳士とはこういう人をいうのだろうと思った。

「さてさて、お嬢さん」

男は表情を引き締めた。

「改めて名乗りますが、私はクレメンス・ウィンザー侯爵と申します」

軽く一礼する姿も格好よく、フローラは彼から目が離せない。

「わたしはハワード男爵の娘で、フローラといいます」

はにかみながら名乗ると、ウィンザー侯爵は長身を少し折り曲げるようにして、フローラに話しかける。

「フローラ嬢。で、あなたはなぜ馬車から飛び降りたりしたのですか？　私が受け止めねば、大怪我をしていたかもしれないですよ」

　フローラはかあっと顔が赤くなるのを感じた。

「わ、わたし……」

　別に見知らぬ男に自分の事情など話す必要はない。

　なのに、ウィンザー侯爵の優しげな瞳に見つめられると、なんだかすごく安心感があって、いつの間にかぽつりぽつりとこれまでのいきさつを話していた。

　六人姉妹で自分だけがみそっかすで、売れ残ってしまったこと。

　妹が初恋の人と結婚してしまったこと。

　それが悔しくて、婚活を始めたこと。

　でも、ぜんぜん男を見る目がないので、ちょっとちやほやしてくれた子爵の甘言にうっかり乗ってしまったこと。

　馬車で襲われそうになって、夢中で飛び出してしまったこと——等々。

　話しているうちに悲しくて情けなくて、涙が浮かんでしまう。

「う……」

　ぽたぽたと大粒の涙が零れ落ちた。

　唇を噛み締めて嗚咽を堪えていると、ウィンザー侯爵が無言で目の前にハンカチを差し出した。

「……すみません……」

受け取って、それを顔に当ててさめざめと泣いた。

ウィンザー侯爵は腕を組んで、黙ってフローラの涙が止まるのを待っていてくれる。

ひとしきり泣きじゃくると、徐々に気持ちが落ち着いて、やっと話の続きを口にできた。

すべてを話し終えると、フローラは胸のつかえがすうっと取れたような気がした。

今夜のことでつくづく思い知った。

自分に結婚などとうてい無理なのだと。醜いアヒルの子は、白鳥に憧れるだけ無駄で、アヒルらしく生きていくべきなのだと。

「わたし、もう決めました」

ウィンザー侯爵が訝(いぶか)しげな表情になる。

フローラは顔を上げ、努めて明るい声でクレメンスに言う。

「わたし、家を出て、どこかのお金持ちのお屋敷の住み込みの家庭教師にでもなります。職業婦人になって、一生独身で生きていきます。それがわたしの分相応だって、やっとわかったんです」

ウィンザー侯爵はじっとこちらを凝視する。

その知的な青い目に見つめられると、フローラはなんだか脈動が速まって息が苦しくなり、落ち着かない気持ちになる。

きっとこんなにハンサムな男性に見つめられた経験がないからだろう。

彼は腕を解き、かすかに首を振った。

「それはもったいないよ」

「え？」

ウィンザー侯爵は考え深げに言う。

「君はとてもよい素材を持っていると思う」

フローラは意味がわからず目をパチパチさせる。

「どういう、ことですか？」

ウィンザー侯爵はわずかに顔を近づけて、まっすぐフローラの顔を見る。

彼があんまり美麗なので、フローラは緊張して息を詰めてしまう。

「艶やかな鴉の濡れ羽色のような黒髪、星を映した黒い瞳はとてもエキゾチックだ。さくらんぼみたいな可愛らしい唇。そして肌理の細かい絹のような白い肌、すらりと均整のとれた身体つき——それに」

ふいにウィンザー侯爵が腕を伸ばし、フローラの顔を覆っていた前髪をさらりと掻き上げた。

「あ」

それがあんまりごく自然にされたので、フローラは振り払うきっかけを失う。

ウィンザー侯爵はフローラのおでこをまじまじ見てうなずく。

「とても形のいい知的な額をしているね、隠しておくなんてもったいない」

フローラは数秒間ぼうっとしてウィンザー侯爵の顔を見上げていた。

こんな詩的な賛美をされたのは生まれて初めてで、頭がクラクラして呆然としてしまう。

それから、はっと我に返った。

「や、やめて、ください」

ぱっと顔を背け、慌てて前髪を両手で直した。

ウィンザー侯爵も気がついたように、素早く手を引いた。

「ああ、失礼した」

彼は一歩後ろに下がり、軽く咳払いした。

「つまりね、私が言いたいのは、君はとても素敵な貴婦人になれる素質があるっていうことだよ」

フローラは心臓がきゅんと甘く痛むのを感じた。

何だろう、この気持ち。

淡い初恋のチャールズにも感じたことのない、せつないような悲しいようなでも心ときめくような――。

「そんな――行き遅れのわたしを慰めようと、ご親切なことを言ってくださらなくてもいいんです――どうせわたしなんか……」

「どうだろうか」

フローラの言葉をウィンザー侯爵が遮る。

「私自身は十年前に結婚に失敗してからは独身主義なんだが、よければ君の婚活の手伝いをさせてもらないだろうか？」

フローラは驚いて目を丸くする。

「え、ええっ？」

ウィンザー侯爵はわずかに目の縁を染めながら、誠意を込めた声で言う。

「諦めてはダメだよ。君は絶対にもっともっと綺麗になれる。独身主義になる前に、もう一度だけチャレンジしてみないか？　君を見下していた男たちに、ひと泡吹かせてやりたくはないかい？」

フローラは口をぽかんと開けてウィンザー侯爵を見つめた。

こんな素敵な男性が、自分のためになにかしようと申し出てくれるなんて信じられない。

きっと、さっきのクロード子爵みたいに浅ましい下心があるに決まっている。

もしくは、かわいそうなみっともない娘をからかっているんだ。

そう思うのが当たり前なのに、ウィンザー侯爵の言葉にはなにか不思議な熱意が籠もっているような気がした。

「どうして……？」

フローラは思い切って尋ねる。

「どうして、見ず知らずのわたしなんかに、そんなに親切にしてくださるんですか？」

ウィンザー侯爵は言葉にわずかに詰まる。

それから、自分に言い聞かせるように強い口調になる。

「君がとてもひたむきで一途（いちず）だから、そこに共感したんだよ。それに、さっきのあの最低の男の言動を見て、同じ男として申し訳ないという気持ちもある。君に、男とは皆あんなゲスな生き物だと思われたくない。そう、男としての名誉回復をしたいんだ」

きっとウィンザー侯爵は普段から弁がたつ人間に違いない、とフローラは思う。

だって、説得されてしまう。

ウィンザー侯爵の言う通りにしてみようか、という気持ちになってしまう。

無言で考え込んでいるフローラに、ウィンザー侯爵は言い募る。

「必ず、君が素晴らしい相手を見つけられるようにしてあげるから――」

フローラはおずおずと言う。

「わたし、素敵な男性と結婚できるでしょうか？」

ウィンザー侯爵は大きくうなずいた。

「できるさ、私が請け合うよ」

お腹の底から熱いものが込み上げ、全身に新しい力が漲(みなぎ)ってくる。

ウィンザー侯爵の大きな手が、そっとフローラの肩に乗せられる。温かくて大きな男らしい手。異性に触れられているのに、ぜんぜん不快じゃない。

「だから、諦めないでくれ」

彼の言葉に励まされて、フローラはきっぱりと答えた。

「わたし――やります、もう一度婚活」

ウィンザー侯爵が表情を綻ばせる。

「そうか」

「はい、ぜったい素敵な殿方と結婚してみせます」

ぐっと顎を引いて背中をしゃんとさせた。

「うん、いいぞ、その意気だ」

ウィンザー侯爵が嬉しげに白い歯を見せて笑う。

その眩しい笑顔に、フローラは硬く萎縮していた身や心がどんどん柔らかくなっていくような気がした。

「では、今宵は私の愛馬で君をお屋敷まで送り届けよう」

肩に乗せられていたウィンザー侯爵の手が、うやうやしく目の前に差し出された。

「どうぞお手を――お嬢さん」

フローラは少し気取って片手を彼の手にあずけた。

「はい」

ウィンザー侯爵に手を取られ、ゆっくりと立ち上がる。

ふわりと公園の木に咲く何かの花の匂いが香った。

夜空は満天の星。

手を優しく引いてくれるのは背の高い美男子。

こんなロマンチックな状況になったことなど一度もなかった。

フローラはなにもかも夢じゃないかと思う。

夢かもしれない。

男の人が自分に親切にしたり優しくしてくれるはずがない。

馬車から飛び降りた瞬間気を失って、自分に都合のいい夢を見ているのかもしれない。

それでもいい。

今だけ、夢を見させて欲しい。

フローラは壊れそうなほど胸が高鳴り、息が苦しくなるのを感じた。

経験したことのない気持ちに戸惑う。

その感情は、ウィンザー侯爵の馬に乗せてもらい、ハワード家に辿り着くまでずっと続いていた。

首都郊外にあるハワード家の屋敷では、フローラが夜会を抜け出して何処(どこ)にか姿を消してしまったと、大騒ぎの真っ最中だった。

そこにフローラが男性に送られて帰宅したものだから、さらに騒然となった。

「まああ、フローラ！　あなたったらどこへ行ってたのよ」

先に帰宅していたハンナ叔母は、血相を変えて玄関ホールに現れたが、フローラの背後に立っているウィンザー侯爵を見た途端、目を丸くしてその場に棒立ちになってしまう。

ハンナ叔母の後から出てきた両親も、長身で目の覚めるような美男子のウィンザー侯爵の登場に、鳩(はと)が豆鉄砲でも食らったような顔をしている。

クレメンスは滑るような足取りで前に進み出ると、綺麗な所作で両親に挨拶した。

「お初にお目にかかります。クレメンス・ウィンザー侯爵と申します。今宵幸運にもお嬢様のお相手をさせていただき、いささか時間の経つのを忘れました。誠に申し訳なく思っております」

弁舌はあくまで爽やかで、いつもは威圧的な父もたじたじの様子だ。

「う、うむ——ウィンザー侯爵、貴殿のことは知っておる。大公陛下の有能な側近であられる。大公陛下のお名に免じて、今夜のことは追及すまい」

父の言葉に、ウィンザー侯爵はにこやかに微笑んだ。

「ありがたきお言葉です。では、私はこれで失礼します——おやすみなさい、フローラ嬢」

フローラは、その場の空気をあっという間に攫ってしまったウィンザー侯爵の手腕に舌を巻いた。

一陣の風みたいにウィンザー侯爵が去った後は、フローラはハンナ叔母と両親の質問攻めにあってしまう。

「ちょっとちょっとフローラ、あなたいつの間に、あんな素晴らしい男性とお知り合いになったの？」

「彼はこの国の時期総裁になるのでは、と噂されている大物だ。フローラ、彼はいったいお前のどこが気に入ったのだね？」

「フローラったら、お付き合いしている殿方がおられるなら、そう言ってくれればよかったのに」

フローラは必死で弁解する。

「ち、違うの。あの方は、帰り道を送ってくださっただけだから。それだけだから、ぜんぜん、男女の間柄とか、そういうのじゃないから……」

それはまた、自分への言い訳でもあった。

あの時ウィンザー侯爵はあんなことを言ったけれど、きっと本気ではない。

期待しちゃダメ。今まで、どんなに男性から期待や希望を裏切られてきたろう。

だから、ウィンザー侯爵もきっと他の男性と同じだ。

彼は、落ち込んでいた気持ちを引き上げてくれた。それだけで、十分嬉しい。

これ以上は、期待しちゃダメ――。


空から天使が降ってきた。

あの瞬間、クレメンスはそう思った。

残業を終え、大公の城から愛馬で帰宅する道中の出来事だった。

ぱっと目の前の馬車の扉が開き、一人の女性がふわりとこちらに飛び込んできた。

白いケープが天使の羽のように背中に広がり、艶やかな黒髪が後ろになびいて、若々しく愛らしくて整った白い顔がむき出しになった。そして、救いを求めるように潤んだ黒い瞳がまっすぐこちらを見つめ――。

わずか一秒か二秒だったが、目を奪われたのは確かだ。

思わず受け止めた身体は、折れそうなほど細く、なのにとても柔らかかった。

こちらを見上げた彼女の表情は、かわいそうなくらい青ざめて怯えている。

なぜ馬車から飛び降りるなどと無謀な事をしたのだろうと思っていたら、その馬車から降りてきた軽薄そうな若い男がいきなり彼女を罵った。

事情を知らないクレメンスでも、それが言いがかりであろうとはっきりわかる。

彼女は唇を噛み締めて、屈辱に耐えていた。

その白い横顔が不憫(ふびん)で、クレメンスは胸のどこかがちくりと痛む気がした。

相手の男に対してむくむくと怒りが込み上げた。

だから、馬で蹴散らしてやったのだ。

慌てふためく男の様子に、彼女はやっと白い歯を見せて微笑んでくれた。

その笑みは、夜にだけ咲く艶やかな月下美人の白い花を思わせた。

フローラ・ハワード男爵令嬢と名乗った彼女は、公園のベンチでいきさつをぽつりぽつりと話してくれた。

不遇な生い立ちを話すうちに、フローラは泣き出してしまった。

クレメンスはあまりに痛々しくて、なんとか励ましてやりたいと思った。

そんな感情にとらわれた自分が、不思議でならない。

これまでのクレメンスは、自分でも冷たいと感じるほど理性的な人間であると思っていた。

敵か味方か、損か得か、黒か白か、物事をきっちり区分けし選別できた。

今までクレメンスは何事にも人並み外れて優れていると自他ともに認め、自信に満ちて生きてきたのだ。挫折を知らない男だったのだ。

だが、その冷静さが、最初の結婚の失敗を招いたのである。

それは、王道を進んできた彼の人生の大きな痛手であった。

女性だけは、理性では推し量れない。

離婚以来、クレメンスは女性に対して異常ほど慎重になっている。

どんな時でも、女性に対しては一線を引くようになった。

なのに、目の前で自分は醜いアヒルの子だ、一生独身で生きていくのだと嘆く乙女に、ひどく感情を揺さぶられている。

クレメンスと正反対で、挫折と屈辱と失敗にまみれて生きてきたフローラの心情を思い遣ると、かわいそうでたまらない。

思わず、彼女の美点を褒めそやし、あまつさえ婚活を手伝おうと申し出てしまった。

内心、そんな自分に唖然としている。

これはどういう感情なのだろうか。

拾った子猫を世話してやりたいというような、ある種のボランティア精神なのだろうか。

フローラの、花が開くような笑顔をもう一度見たい、と思ってしまったのだ。

大公の政務補佐官として活躍しているクレメンスは、弁舌が滑らかである。

言葉を尽くして励ますと、フローラはなんとか元気を取り戻したようだ。

婚活を頑張ると微笑んだ。

健気だがとても寂しそうな笑顔だ。

クレメンスは心臓を掴まれるような気がした。

か細い彼女の身体を抱きしめ、心配ないと力づけてやりたい衝動に駆られる。

だが、自分はあくまで理性的な紳士だ。

そう、あくまでこれは同情心だから。

それに、フローラの婚活を成功させることは、過去の結婚の失敗の清算になるような気もした。あの結婚の顛末は苦い後悔でしかない。

クレメンスには得られなかった幸福な結婚をフローラにさせてやることで、自分の心の底にカサブタみたいに残る傷痕を癒せるのではないか、と思うのだ。

フローラを男爵家に送り届けたクレメンスは、深夜に自分の屋敷へ戻ってきた。

先代からクレメンス家を支えている老執事長のウィルが、きちんと直立して玄関ホールで出迎えた。

「お帰りなさいませ、ご当主様」

クレメンスは上着と鞄を手渡しながら、尋ねる。

「じいか。母上は、もうおやすみか？」

「はい、とうに」

「そうか――」

ほっと息を吐く。

先日、引き合わせたケイト・ハリスン伯爵令嬢を袖にしてから、母は隙あらば文句を言おうと待ち構えているのだ。

「おや、ご当主様、なにかよいことがありましたか？」

ウィルの言葉にクレメンスは不思議そうに答える。

「ん？　なんだって？」

ウィルは受け取った上着をきちんと腕にかけながら言う。

「にこにこしてお帰りでしたから――」

クレメンスは思わず口元に手をやる。

「にこにこだと？　この私が？」

ウィルはうなずく。

「はい、とても楽しそうで」

クレメンスはウィルの言葉に被せるように言い返す。

「そんなわけはなかろう」

ウィルはかしこまって頭を下げた。

「では、私の見間違えでございましょう。近頃すっかり目が悪くなりまして――でも、ご機嫌がよろしいに越したことはございません」

その皮肉めいた言い方に、クレメンスは少しむっとする。

父の代からこの屋敷に支えている老獪な執事には、さすがのクレメンスも強く出られないところがあるのだ。

「この私が機嫌がよいだと？　ばかばかしい――」

クレメンスは自分に言い聞かすようにつぶやく。

第二章　アヒルの子が白鳥になる？

それは、いつもと変わらない朝だったはずだ。

自室のベッドで目を覚ましたフローラは、うーんと伸びをしながら、昨夜出会ったウィンザー侯爵のことを思い出していた。

昨日はいろいろなことがありすぎて、夜明けまでなかなか寝付けなかった。

クロード子爵に恥ずかしめられた口惜しさや、その後助けてくれたウィンザー侯爵の格好よさや思いもかけなかった婚活援助の申し出に、気持ちが昂ぶってしまったのだ。

でも、ウィンザー侯爵はあんな調子のいいことを言ったけれど、フローラは内心は半分信じていない。

今までさんざん男たちに馬鹿にされからかわれてきたフローラは、男性不信が強い。

きっと一晩経ったら、ウィンザー侯爵は哀れな醜い娘の嘆きなどすっかり忘れてしまっているに違いない。

それでも、あんなにもハンサムで紳士な侯爵に優しい言葉をかけてもらい、屋敷まで送ってもらったことは、なんてラッキーだったのだろうと思う。

ウィンザー侯爵のおかげで、まだ世の中は捨てたものではないと思える。

きっと、彼みたいな素敵な男性がどこかにいるかもしれない。

婚活を諦めないでいよう。

そう思いながら半身を起こし、朝の支度をしようと侍女を呼ぶためのハンドベルに手をかけた時だ。

「フローラ、フローラ、いつまで寝ているの？　お約束があるのでしょう？　さっさと支度なさい」

扉がせわしなくノックされ、母が返事も待たずに入ってきた。その後から、侍女たちがぞろぞろ付き従っている。

「え？　なんのお約束？」

フローラはまだ眠気の去らない声で答える。

母が毛布を少し乱暴に剥がした。

「なにって、ウィンザー侯爵様とのお約束に決まっているでしょう？　一緒にお出かけしようって、もう先ほどからご到着して、応接間でお前の支度をお待ちになっているのよ」

「ええっ、えーっ？」

いっぺんで目が覚めた。

　ベッドから飛び降り、おろおろする。

「嘘、ほんとに来るなんて、ありえない……」

　母は後ろに引き連れてきた侍女たちに合図しながら、呆れた声を出す。

「なにを寝ぼけたことを言っているの。紳士は貴婦人の支度には寛容だけれど、とにかく急いで着替えるのよ」

　戸惑う暇もなく、侍女たちに取り囲まれてあっという間に着替えをさせられ、髪を結われた。

　フローラの持っている外出用のドレスはあまりに地味だというので、結局夜会の時同様、姉のお下がりのドレスの裾を急遽直す羽目になる。

　背後に立って支度の様子を見ていた母がため息をつく。

「こんなことなら、大急ぎで新しいドレスを注文しておくのだったわ」

　フローラは脈動が速まってくる。

　まさかウィンザー侯爵が有言実行者だとは思いもしなかった。

　どうしよう。

　姉のお下がりの淡いピンク色のシフォンドレスは、のっぽの自分にはどう見てもぜんぜん似合わない。

　履ける靴もなくて仕方なく、いつもの簡便なペタンコ靴を履いた。

　派手な羽飾りのついた帽子を被せてもらい、フリルのついた日傘を手にする。

「……」

フローラは鏡の中の自分に絶望を感じた。

みっともない――。

デザインもサイズも合わない借り物のドレス。

顔を剥き出しにしたくないので、前髪を深く下ろして黒髪が目立たないようにひっつめ気味に結ってもらったので、本当に行き遅れの女家庭教師みたいな雰囲気だ。

「お母さま……とても、ダメ……わたし、頭が痛いから行けないって、そう侯爵さまに言ってちょうだい」

フローラは泣きそうになって、母に縋るような視線を投げる。

母は難しい顔でフローラの全身を眺めていたが、首を強く横に振る。

「いいえ、ダメです。どういう風の吹き回しかわからないけれど、侯爵様はあなたをお誘いにきてくださったのだから、きちんとお付き合いなさい。そうよ、あなたを見初めてくれたのだから、自信を持って」

フローラはうなだれてしまう。

母は知らないのだ。

ウィンザー侯爵とフローラが話したことを。

見初めたなんて勘違いしているが、本当はウィンザー侯爵は律儀にフローラの婚活指導をしようとやってきたに違いない。

（わたしのこと、哀れんでくださっただけなの。お付き合いなんて、とんでもない勘違いだわ……）

けれど、せっかくのウィンザー侯爵の親切を無駄にするのは、やはり失礼だろう。ここはもう、腹を括って出て行くしかないだろう。

「わかったわ……」

消え入りそうな声で答えると、母はたちまち機嫌を直した。

「そうよ、すごいチャンスじゃないの。さあさあ、行きなさい」

母に背中を押されるようにして、応接間に向かった。

応接間のソファで、ウィンザー侯爵が長い足を組んで座っている。

濃紺の身体にぴったり合ったスーツに身を包み、同色に赤いストライプがアクセントになったネクタイが粋で、センスがとてもいい。

片手を肘置きにかけて顎を支え、少し物憂げに座っている姿は、息を呑むほど絵になっていた。

昨日の夜会った時より、明るい昼間のほうが数段ハンサムに見える。

フローラはますます萎縮してしまう。

戸口でぐずぐずモジモジしていると、痺れを切らしたのか、母がウィンザー侯爵に声をかけた。

「ウィンザー侯爵様、お待たせしました。娘のフローラが参りました」

ウィンザー侯爵がふっとこちらに顔を振り向け、かすかに微笑んだ。

「おお、来ましたか」

なんという眩しい笑顔。

フローラは気後れと緊張で、心臓がばくばく言い出した。

ウィンザー侯爵はすらりと立ち上がり、大股で近づいてくる。

やっぱり背が高い。

のっぽのフローラが見上げてしまう。

爽やかな若葉のようなオーデコロンの香りがする。

ウィンザー侯爵はまじまじとフローラを見た。

フローラは視線を合わせたくなくて、思わず足元を見つめてしまう。

「昨日も思ったけれど、ご令嬢は本当にスタイルがよろしいですね」

ウィンザー侯爵がさらりと褒める。口調が穏やかで、お世辞には聞こえない。

母が嬉しげに答える。

「当人は、背が高いことを気にしておりますけれど」

ウィンザー侯爵が白い歯を見せた。

「いえいえ、まるでモデルか女優のようですよ」

そんな耳慣れない褒め言葉に、フローラは顔に血が上ってしまう。

「夫人、夕方にはお嬢さんをお返ししますから、ご安心ください」

母がうなずいた。

「ウィンザー侯爵様なら、安心して娘をお任せできますわ」

「では、参りましょう」

ウィンザー侯爵が腕を差し出す。

フローラはそろそろとその腕に自分の手を預ける。

腕を組んで玄関ホールを出ると、屋敷の馬止まりの前に立派な四頭立ての馬車が止まっていた。ぴかぴかに磨き上げられた豪華な馬車だ。

「我が家専用の馬車です。どうぞ」

ウィンザー侯爵は従者が開けた扉から、フローラが乗り込むのを手助けてしくれる。彼は力強くて、片手で軽々とフローラを持ち上げてくれた。

馬車の座席は濃い紫の天鵞絨(ビロード)張りで、床には柔らかな絨毯(じゅうたん)が敷いてあり、とても乗り心地がいい。

後から乗り込んだウィンザー侯爵は、向かい側の席に座ると、手にしていた象牙のステッキで、こつこつと天井を叩いた。

直後、馬車がゆるりと走りだす。

ウィンザー侯爵と二人きりになると、なぜかとても息苦しくなってしまい、フローラは強張った顔のままうつむいていた。

「さてさて――」

ウィンザー侯爵は座席に深くもたれ、ためつすがめつフローラを眺める。

視線がチクチク肌に刺さる。

「ひどいものだね。その格好は」

呆れた声を出され、ぐさりと言葉が胸に刺さる。

やっぱり、来るんじゃなかった。

ウィンザー侯爵は約束通り来てくれたものの、改めてフローラのみっともなさにがっかりしたのだろう。

「……か、帰ります……」

震える声で言うと、ウィンザー侯爵は驚いたような表情になる。

「なにを言う。今出たばかりじゃないか」

フローラは首を振る。

「だって、こんなひどく醜い娘と、一緒に出かけたくないって……」

ウィンザー侯爵は慌てたように姿勢を正した。

「それは違うんだ。ひどいのは、君のなりだよ。ぜんぜん似合わないドレスに、不恰好（ぶかっこう）な髪型。君のよさをわざと隠しているとしか思えないよ」

そんな気休めなんか――鼻の奥がツンとする。

「わたしのよさなんて……」

ふいにウィンザー侯爵の手が顎にかけられ、顔を強引に上向かされた。

「婚活するのだろう？」

ウィンザー侯爵の真摯で澄んだ青い目と、まともに視線が合う。

「……」

ウィンザー侯爵は少し厳しい声を出す。

「君をバカにした男どもを見返してやるのだろう？」

「そう……ですけれど」

すっと顎から手が外れ、ウィンザー侯爵がリラックスしたように座席にもたれ直した。

「じゃあ、そうしよう。私はそのために、ひと月の休暇を取ったんだ。ずっと働きづめだったので、大公陛下も快く承諾してくれた。この四週間で、君を完璧な貴婦人にしてみせるよ」

「たった四週間で……」

自信なげに言うと、彼の顔が柔らかく解ける。

「男に二言はない。君の婚活を成功させるんだ」

「でも……わたしなんか」

ウィンザー侯爵が片手を振る。

「これからは、『でも』と『わたしなんか』は禁句だからね。絶対に、言わないこと、わかったね？」

「……」

怒っているのかと思ったけれど、ウィンザー侯爵は笑みを浮かべている。

「わかったね？」

ダメを押されて、思わず答える。

「でも……あ、すみません、はいっ」

ははは、ウィンザー侯爵が声を上げて笑った。

「楽しいな、君は」

そんなこと言われたことがない。

いつだって、陰気くさいとか暗いとか言われてきたのに。

ウィンザー侯爵の弾ける笑い声に、今までの緊張感が一気に消えていくような気がした。

「とにかく、今日は私に任せてくれるね？」

フローラはこくんとうなずいた。

ウィンザー侯爵の言葉や態度には誠実さが滲み出ていて、安心して任せてしまえそうだ。

街のメインストリートに出た馬車は、高級店ばかりが並ぶ一画まで来ると停車した。

「さあ、降りよう」

ウィンザー侯爵に促され、馬車を降りると目の前は大きなショーウィンドウのある高級そうな洋装店だった。

「ここ、ですか?」

普通の洋装店にすら足を踏み入れたことがないフローラは、怖気付いてしまう。

「そうだよ、まず君を変身させないとね。君に似合うドレスを探そう」

ウィンザー侯爵が軽く背中を押すので、フローラは慌てて踏みとどまる。もしかして、ここでドレスを試着することになるのか。何を着ても似合いっこないのに。

「あの、無理です……わたし、こういうお店に来たことないんです。他のお客さんに見られたら、恥をかくのはウィンザー侯爵です」

ウィンザー侯爵は目をパチパチさせてこちらを見る。

「なぜ、恥なんて——そもそも、今日は私の貸切だから誰もいないよ、遠慮はいらないさ」

「か、貸切……?」

「ほらほら、四の五の言わないで入る入る」

ウィンザー侯爵はやにわにフローラの腕を掴み、強引に店の中に入っていった。

「お待ちしておりました、ウィンザー侯爵様」

煌びやかな店内には、待ち受けていたらしい店長らしき恰幅のよい男と、ぱりっとした制服に身を包んだ女店員たちがずらりと並んで出迎える。

「うん、よろしく店長。今日は母の付き添いではなく、この若い娘さんに似合うドレスを探して欲しいんだ」

「かしこまりました。お気に召すようなドレスを必ずお探しいたしましょう」

店長は恭しく答えた。

どうやらウィンザー侯爵はこの店のお得意さんらしい。

フローラはおずおずと店内を見回す。

広いフロアのあちこちには、色とりどりのドレスを着せられたマネキンが美しくディスプレイされている。どれも凝ったデザインでいかにも高級そうだ。

母や姉妹たちは毎週のようにデパートや洋装店に買い物に行っていた。みんなきゃっきゃっと楽しそうだった。

でも、装うことを避けてきたフローラには、なにがあんなに楽しいのかわからなかった。

だから、これからここで起こることは、苦痛以外のなにものでもない。

ウィンザー侯爵と店長があれこれ最新流行のドレスについて話していることも、さっぱり理解できず、取り残されたようにぽつんと佇んでいた。

それに気づいたのか、ウィンザー侯爵が手招きした。

「さあ奥の貴賓室に行こう。君のスタイルにぴったりのドレスを選んでもらうからね」

「でも、あ、いいえ……はい」

仕方なくウィンザー侯爵に手を取られて、店の奥に向かった。

貴賓室は豪華な応接セットが置かれていて、中央がフロアのように広く空いている。

フローラをソファに座らせたウィンザー侯爵はテーブルを隔てた向かいの席に座り、店長が持ってきた分厚いドレスのカタログを受け取った。

「さあ、君が好みのドレスはあるかな」

カタログをテーブル越しにこちらに押しやり、ウィンザー侯爵はフローラを促す。

「わたし……」

そんなことを言われても、ドレスの良し悪し（よしあし）などわからない。無言でページを繰っていたが、ウィンザー侯爵が期待に満ちた眼差しで覗き込んでくるので、息が詰まりそうになった。

本当は逃げ出したかったたが、わざわざフローラのために、高級店を貸切にしてまでしてくれたウィンザー侯爵の誠意をむげにしては失礼だ。

正直に言おう、と思う。

「ウィンザー侯爵さま、わたしはファッションのことがなにもわかりません。だから、どうか侯爵さまのよいと思うものを勧めてください」

ウィンザー侯爵は少し面食らったようだ。

「それは――失礼した。娘さんなら誰でも、最新ファッションに夢中になるものだと思っていたよ。そうか、わかった、では今日のところは私と店長で選ぼう」

ウィンザー侯爵が合図すると、貴賓室の隅に控えていた店長が素早く近づいてくる。

ウィンザー侯爵はカタログをぱらぱらとめくり、素早く判断していく。

「これと、これと、そうだな、これもいいかな。あと、この最新のデザインもいいね」

「かしこまりました」

店長はウィンザー侯爵が指示したページに栞(しおり)を挟み、カタログを抱えてフローラに声をかけた。

「ではご令嬢、奥の試着部屋にどうぞ。ああ、着替えは女性の店員がお手伝いしますから、ご安心ください」

フローラはちらりとウィンザー侯爵を見遣る。

ウィンザー侯爵は大丈夫だ、というふうに深くうなずいた。

ゴクリと生唾を飲み込み、意を決して立ち上がった。店長の後ろからついて行きながら、フローラはウィンザー侯爵を振り返る。

「あの……どうか、どんなにみっともなくなっても、笑わないでくださいね」

するとウィンザー侯爵は表情を少し引き締めた。

「笑うものか」

彼の生真面目な言い方に、ほっとした。

全身が映る大きな鏡のある試着部屋で、フローラは何人もの女店員の手を借りて、真新しいドレスに袖を通した。

ウィンザー侯爵の選んだのは、目の覚めるようなスカイブルーのマーメイド型のドレス、深い緑色で身体にぴったりした胴着でウエストを強調したドレス、淡い紫色の袖がふんわり丸く幾重にもペチコートを重ねたチューリップみたいなドレスなど、それぞれタイプもデザインも違うものだった。

いつも灰色か濃紺のすとんとした簡便なドレスしか着たことのないフローラは、果たしてこれが自分に似合うものかさっぱりわからなかった。正視するのが怖くて、鏡の方はできるだけ見ないようにした。

まずスカイブルーのドレスを着て、試着部屋を出る。

裾が大きく広がっているので、転ばないように気を付けて歩いた。

ソファに座っていたウィンザー侯爵が、待ちかねたように身体を起こした。

「お――」

彼はフローラをひと目見るなり、低く唸(うな)った。

フローラはびくりとして足を止めてしまう。

ウィンザー侯爵が呆然といった態でこちらを凝視している。

背中に嫌な汗が流れた。

笑わないという約束だったが、あまりのひどさにショックで声も出ないというのだろうか。

「あの……やっぱり、変ですよね……」

フローラが消え入りそうな声で尋ねると、ウィンザー侯爵ははっと我に返ったような顔つきになった。

「いや――あまりに素晴らしすぎて、声が出なかったよ」

彼は両手を大きく広げて微笑んだ。

「フローラ嬢、最高に似合っている」

フローラは聞き間違いではないかと思った。

「え？　なんですって？」

ウィンザー侯爵が白い歯を見せる。

「この上なく素晴らしい。海の女神のようだ」

「……嘘」

そんなお世辞を言わなくてもいいのに、と思ってしまう。

だがウィンザー侯爵は目を輝かせて、次のドレスを見せてくれと促してきた。

半信半疑で、次に濃緑のドレス、最後に薄紫色のドレスを試着してウィンザー侯爵に見せた。

その度に彼は、

「この緑を着こなせるのは、首都広しと言えど、すらりとした君しかいないね」

とか、

「薄紫が甘すぎず、いい感じに柔らかな美を醸し出している。大成功だ」

とか、聞いたこともない賛美をしてくれるので、頭がぼうっとしてしまう。

すべてのドレスを見終えたウィンザー侯爵は、しばらくううむと腕組みをしたが、やがて店長にきっぱりと言った。

「どれもこれも選び難い。全部もらおう。青いドレス以外は丁重に包んで馬車に運んでくれ」

「かしこまりました」

店長はホクホク顔だ。

フローラは慌てて口を挟む。

「あの、侯爵さま、わたし、こんな高額なドレスのお支払いなんかできません」

先ほど試着部屋で、こっそりドレスの値札を見てあった。自分の予想していたよりゼロが二つも多くてびっくりしていたのだ。

だがウィンザー侯爵はさらりと言う。

「君へのプレゼントだ。気にしなくていい」

フローラは目を見張り、思わず言い返していた。

「誕生日やクリスマスでもないのに、プレゼントなんてもらえません」

今度はウィンザー侯爵が目を丸くする。

「君――紳士は貴婦人にいろいろ贈り物をするものだろう？　遠慮はいらないんだよ」

フローラはしゅんとしてうつむいてしまう。

「だって……男の人からプレゼントなんか、されたこと、ないもの……」

ウィンザー侯爵は一瞬言葉に詰まったようだが、すぐに気安い調子で言った。

「では、これは教材だと思いたまえ。君の婚活修行のための。勉強するためには参考書が必要だろう？　それと同じだよ。私は君の婚活教師だから、教材を提供する役目があるのだ」

そう言ってもらえると、気が楽になった。フローラは顔を上げる。

「それなら――」

「うん、決まりだね。では、残った青いドレスを着ておいで。次の婚活指導に行くからね」

「はい」

実は、青いドレスは自分でも気に入っていたのだ。雲ひとつない夏空を思わせる明るい青いドレスは、似合わなくても気持ちがとても引き立った。

青いドレスに着替えて出て行くと、ウィンザー侯爵が店長にドレスに似合ったハイヒールはないかと尋ねていた。内心焦る。

「あ、あのっ、ハイヒールは……っ」

咳き込むように声をかけると、ウィンザー侯爵は何事かという表情でこちらを見た。

「……ハイヒールは、いいです。履きたくないの……」

のっぽのフローラがハイヒールを履くと、大抵の男性と身長が同じか高くなってしまう。それが恥ずかしくて、今まで決してハイヒールは履かなかった。

「そうか——嫌なら、無理強いはしないよ。そのドレスは裾が広がっているから、足元が出ないしね」

ウィンザー侯爵は意外にすんなりと引き下がってくれて、ほっとする。もしかしたら、フローラがのっぽなのを気にしているのを察してくれたのかもしれない。

店長と店員総出で見送られ、馬車に乗り込んだ。

「では、次だ」

ウィンザー侯爵が杖で御者に出発の合図を送る。

「あの、次はどこへ？」

ドレスの次はなんだろう。

「お次は美容院だ。そのとんでもない髪型をなんとかしないと、せっかくのドレスも台無しだからね」

「美容院……」

フローラは押し黙ってしまう。

重苦しいまっすぐな黒髪は、どう手を加えても見栄えはしないと思っている。猫っ毛でふわふわのブロンドを持つ姉妹たちは、どんな髪型も素敵に似合っていたというのに。

　無言になってしまったフローラに、ウィンザー侯爵は意に介さないような明るい声で言う。

「この国一番の腕のいい美容師のいる店を知っているから、安心しなさい」

「で（も）……」

　慌てて語尾を飲み込んだ。

　ウィンザー侯爵が少しだけ語調を強める。

「そのドレス、最高に似合っているよ」

「……」

「自分が信じられないいんだね？」

「はい……」

「そうか」

　ウィンザー侯爵はこちらにぐっと身を乗り出してきた。

　彼の爽やかな息がかかりそうなほど近づかれ、心臓がどきんと跳ねた。

「では——私を信じなさい」

「……」

「自信がないのなら、私を信じて、いいね？　約束だよ」

　美麗な顔にまっすぐ視線を捕らえられて、呼吸するのを忘れてしまう。

身体が熱くなって、息ができない。どうしたんだろう。

怖い、のとは少し違う。緊張するけれど、なんだか甘いお酒でも飲んだみたいなぽうっとした心持ちになってしまう。

「わ、わかりました……」

喉がカラカラになり、声が掠れた。

「うん、よし」

ウィンザー侯爵が満足げに座席に深く座り直し、フローラはほうっと息を吐いた。

彼は大公陛下の政務補佐官で、主に外交に手腕を振るっているという。

緩急自在な話しぶりは、そういう仕事がらなのかもしれない。

ウブな小娘など言いくるめるのは容易いことだろう。

でも——信じてみようか。

と、思う。この人の言うことに、嘘やごまかしは感じられない。

だから、信じたい、と思う。

でも、そんな健気な気持ちは、美容院に入った途端に崩れた。

「彼女のこの鬱陶しい前髪を、思いきり結い上げてくれ」

ウィンザー侯爵は首都一番の腕前というカリスマ美容師に、そう告げたのだ。

「ま、待って、待ってください！」

この醜い顔を剥き出しにするなんて――。

フローラはウィンザー侯爵の袖を引いて訴えた。

「無理、無理です。おでこを出すなんて。みっともない……わたしなん（か）……」

ウィンザー侯爵がキッとこちらを睨んでくる。

「約束は？」

「う――」

彼を信じなければいけないのだ。

でも、でも――。

泣きそうな顔で鏡の前の椅子に座る。

手入れの行き届いた手をした女性の美容師が、ほどいたフローラの髪を丁寧に梳かしながら優しく声をかけてくる。

「お嬢様、とても艶やかで美しい御髪ですよ、量もたっぷりして、どんな華やかな髪型にもなります。額の形も首の流れもすごく優美。大丈夫、侯爵様のおっしゃるとおりになさいませ」

「うう……はい……」

鏡の中の自分を見るのに耐え切れず、目をぎゅっと瞑ってしまう。

その間にも、美容師は手際よく髪を結い上げていく。

「ドレスの青に合わせて、トルコ石の髪飾りにしましょうね。ああ、お化粧も頼まれているので、軽くメイクさせてください」

「はい……」

なんでもいいから早く終わらせて欲しい。

苦痛に耐える時間は永遠に終わらない気がした。

ようやく美容師が手を止め、声をかけてきた。

「さあ、出来上がりましたよ」

「……」

おそるおそる目を開く。

「——？」

目の前の鏡の中に、清楚（せいそ）な美人が写っていた。

黒い髪を頭の上に緩やかに纏（まと）め、うなじにコテで巻いた房が幾つも揺れて、優美な雰囲気を醸し出している。漆黒の髪に、鮮やかなトルコ石の髪飾りがひときわ映える。

形のいい白い額、ぱっちりした黒曜石の瞳、すこしぷっくりした唇にほんのり紅を差して、清潔感のある色気が滲み出ていた。

フローラは我ながら見惚れてしまう。

「いかがでしょう？　私が手がけた髪型の中でも、一番の出来栄えですわ」

「嘘、これがわたし……？」

夢でも見ているようだ。

「さあさ、早く侯爵様に見ていただきましょう」

美容師に促され、席を立ってウィンザー侯爵の待つ控え室に向かう。

緊張と期待で胸が高鳴る。何て言われるだろう。

「お、お待たせ、しました……」

美容師に控え室のドアを開けてもらい、おそるおそる中に踏み込む。

ソファで新聞を眺めていたウィンザー侯爵が、ぱっと顔を上げた。

「――」

彼は僅かに目を見張り、それから満足げな笑みを浮かべて立ち上がった。

「ブラボー！　最高だよ！」

ウィンザー侯爵は両手を広げて大股で歩み寄ってくると、胸の中にフローラを抱きしめ、額にちゅっと口づけしてきた。

「っ――」

思いもかけない行為に、始めフローラは何をされたか理解できなかった。ウィンザー侯爵の腕の中で身を強張らせると、彼ははっとしたように腕を解いた。

「ああ――申し訳ない」

ウィンザー侯爵は目元を僅かに染め、狼狽えたように軽く咳払いした。

「その、君があんまり美しく仕上がったので、つい、嬉しくて――失礼した」

フローラはまだ衝撃が冷めないまま、首を横に振る。

「い、いいえ……」

確かにショックだったのだが、それは甘美な驚きだった。

今までずっと隠していた額に押し付けられた、柔らかな唇の感触。

心臓が止まるかと思った。直後、全身の血がかあっと熱く煮え立つような気がした。

ウィンザー侯爵の行為があまりに滑らかに行われたので、彼の言葉に嘘偽りは感じられなかったのだ。

私は本当に美しいのかしら？

ウィンザー侯爵はすぐに表情を和らげ、フローラに手を差し出す。

「ではフローラ、私と散歩に出よう」

フローラは僅(わず)かに気後れする。

「このまま……ですか？」

ウィンザー侯爵は力強くうなずく。

「無論だ。婚活指導の続きだからね。殿方とそぞろ歩き、洒落(しゃれ)た会話を交わす練習だ」

いけない、これは婚活のための訓練なのだから、臆していている場合ではない。

「あ、はい。わかりました」

ウィンザー侯爵の腕に自分の手を預ける。

「さあ行こう」

並んで美容院を出て、メインストリートの石畳の歩道に出た。

大勢の人々が行き交っている。

明るい日差しの中に出ると気後れして、思わず顔を伏せてしまう。

「背筋を伸ばして。顔を上げて、顎をぐっと引く」

横でウィンザー侯爵がきっぱりした声で言う。

「はい……」

いつもの猫背をしゃんと伸ばし、顔を上げてまっすぐ前を向く。

なぜか景色が変わって見えた。

いつもおどおどと足元ばかり見ていたけれど、街ってこんなにも美しかったろうか。

二人が歩き出すと、通りすがりの人々が感嘆したような表情で見ていく。けれどフローラには、みんなが眉をひそめて見ていくように思えた。

視線を全身に浴びて、フローラは脈動が速まってくる。

緊張感が高まるフローラと対照的に、ウィンザー侯爵は上機嫌だ。

「見てごらん。みんな君に釘付け(くぎづ)けだ。絶世の美女を連れて歩くのは、男として誇らしいね」

彼の声が弾んでいる。

「そんな──皆さん、侯爵さまの方を見ているんです。わたしなん（て）……」

思わず口にしそうになり、慌てて言葉を飲み込む。

ふいにウィンザー侯爵が立ちどまった。

彼は目の前の店舗のショーウィンドウを顔で指し示す。

「フローラ嬢、見てごらん」

「あ……」

そこには、すらりと背の高い美男美女が写っている。

ウィンザー侯爵が長身なので、のっぽのフローラとのバランスがとてもいい。

「どうだね、自分でもとびきりの美人だと思うだろう?」

「……」

フローラはまじまじとショーウィンドウを見つめた。

まるで自分じゃないみたい。

「ほら、笑ってごらん」

耳元でささやかれ、ぎこちなく笑みを浮かべてみる。

あんなに嫌いだった自分の姿を、こんなに見つめたことは今までなかった。

悪くない。

いいじゃない。

ううん、かなりいいかも。

ふいに喉の奥から熱いものが込み上げてきた。

「ふ……」

ウィンザー侯爵が驚いたようにこちらを見る。

喜びに胸が詰まり、涙が溢れそうになった。

「どうしたの？　この変身はお気に召さなかったかい？」

ウィンザー侯爵が気遣わしげに肩に手をかけてくる。

フローラは首を横に振る。

ぽろりと涙の雫が溢れ、それが次から次に流れ落ちた。

「いいえ、いいえ、すごく、すごく、うれしい……ひっく……」

「ああ、泣くことはないじゃないか、泣かないでくれ――」

初めて聞くウィンザー侯爵の狼狽えたような声。

そして――。

涙に濡れた頬を相手の大きな手が包んだ。

顔が仰向けにされ、ウィンザー侯爵の端正な顔が寄せられてくる。

「ん……」

しっとりと唇を塞がれた。

柔らかな相手の唇がそっと押し付けられ、素早く離れた。

フローラは何をされたのか咄嗟にわからず、潤んだ瞳でウィンザー侯爵を見上げる。

ウィンザー侯爵の青い目が、せつなげに細まった。

と、再び視界がウィンザー侯爵でいっぱいになり、今度は強く唇を奪われた。

「んっ……ふ……」

生まれて初めての口づけ――。

驚いて身体を強張らせると、男の濡れた舌が唇をぬるりと撫でた。

淫らな感触に、息継ぎすることも忘れてしまう。

「……ふ、んんぅ……」

頭の中が混乱と不思議な心地よさでぼんやり霞んでくる。

棒立ちになっていると、たっぷりと唇を舐められてしまう。抵抗する術も知らず、なすがままに長い口づけを受けた。

強張っていた身体から次第に力が抜けていく。

ウィンザー侯爵は素早くフローラの背中を抱きすくめ、歩道側に自分の背を向けてフローラの身体を覆い隠すような体勢になる。

ちゅっと音を立てて僅かに唇が離れ、呼吸をするために思わず口を開けると、素早く口腔のなかに熱く濡れた舌が滑り込んできた。

「あ……ぁ」

怯えて縮こまるフローラの舌を、ウィンザー侯爵の舌が絡め取り、強く吸い上げてきた。

その刹那、背中に甘い痺れが走り、再び全身に力が入った。

「んゃ……や、ぁ……ぁ」

ウィンザー侯爵の舌がぬるぬるとフローラの舌の上を舐めまわし、舌の付け根を柔らかく噛まれて、喉がひくりと震えた。

「……ん、んぅ、んん……ぅ」

頭がクラクラして心臓が破裂しそうにばくばくいう。

口づけって、こんなにも深く情熱的で危険で心地よいものだったの？

これが大人の口づけ？

怖い、知るのが怖い、なのにもっと知りたい。

矛盾した感情に胸が掻き毟られる。

どうしていいかわからないでいると、ウィンザー侯爵は顔の角度を変えては何度も深い口づけを仕掛けてくる。

足が小刻みに震え、ウィンザー侯爵が背中を抱きかかえていなければ、くたくたとその場に頽れそうだ。

「く……ん、んんぅ……」

舌が擦れ合うくちゅくちゅというくぐもった音が耳孔に響き、淫らな気持ちが身体の奥から迫り上がってくるような気がした。

「……は、ふぁ、んん……っ」

歯列から口蓋、喉奥までたっぷり掻き回され味わい尽くされ、溢れる唾液を啜り上げられる。

おかしくなる。背中が甘く震えて、妄りがましい鼻声が漏れてしまう。

体温がどんどん上がってくるような気がする。

「あ……やぁ、も……う……」

気が遠くなる寸前、夢中でウィンザー侯爵の上着を掴んで引っ張った。

ふいにウィンザー侯爵が顔を離した。

二人の唇の間を、唾液の銀色の糸が一瞬繋いで、ぷつりと切れた。

ウィンザー侯爵は夢から覚めたような表情になる。

「ああ——フローラ。すまない、つい——」

彼は壊れ物みたいにそっとフローラの身体を抱きかかえ、火照った額や涙の跡が残る頬に、唇を押し付ける。

「君の涙は、なんて危険なんだ」

耳元で艶めいた低い声でささやかれ、身体の芯がとろりと蕩けるような気がした。

まだ頭が朦朧として、ただただぼんやりウィンザー侯爵を見上げた。

ひどく優しくやるせない表情をしている。

「侯爵、さま……」

掠れた声を出すと、ウィンザー侯爵はやっと腕を離して解放してくれた。

彼は咳払いして、いつもの冷静な態度に戻る。

「これも、婚活の練習だ。互いに気持ちが通じて結婚を前提にお付き合いが始まれば、キスを求められることもある。その時、うろたえないようにしないとね。わかるかな？」

フローラはこくんとうなずく。

「ただ、あくまでキス程度だ。それ以上求められても、淑女らしくきっぱりと断るんだよ」

「はい……あ、でも」

フローラは素直に疑問を口にする。

「キス以上って、何を求められるんですか？」

ウィンザー侯爵は目を逸らし、激しく咳払いした。

「そ、そういうことは、結婚してから、夫となる人に教えてもらいなさい」

「は、はい」

どうもはしたないことを聞いたようだ。

そう――結婚するんだ、婚活だと息巻いていたけれど、ほんとうは夫婦になるってどういうことなのか、はっきりとは知らないのだ。

夫婦生活については漠然として、雲を掴むようだ
口づけだって、絵画やお芝居で見るような、ただ唇と唇が触れ合うものではなかった。

フローラは、にわかに結婚するという行為がリアルに迫ってくるような気がした。

ウィンザー侯爵との間に、わずかな間気まずい空気が流れた。

だがそこはさすがに大人の男の人だ。

ウィンザー侯爵はすぐにいつもの軽妙洒脱な雰囲気に戻った。

「まあ、そういうことはおいおい指南する。さて、この先に洒落たカフェテリアがあるんだ。そこでアフタヌーンティーと洒落こもうじゃないか。君ほどの美人を連れて歩くのは、男としての価値もぐんと上がるというものだ」

「はい」

フローラは深く息を吸って、気持ちを入れ直した。

ほんの数時間で、自分がまったく違う人間になったような気がする。

ウィンザー侯爵は、魔法使いみたいだ。

ほんとうに、彼ならフローラの婚活を成功させてくれるだろう。

まだまだ世界は捨てたものではない、とフローラは思うのだった。

その日はカフェテリアでお茶を楽しみ、世間話に花を咲かせた。

主にウィンザー侯爵が喋って、フローラはうなずいて聞いている。彼の話は、政治から街の

酒場で起きたいざこざまで多岐にわたっていて、どれもこれも分かりやすく面白かった。

話の合間合間に、ウィンザー侯爵はどこで相槌を打ちどこで微笑むかのポイントを指摘してくれる。

「そうそう、そうやって微笑んで相槌を打つんだ。男の話はうんうんと聞いていればいいからね」

「その小首を傾げるポーズもいいね。男心を掴む仕草だ」

「もう少しカップを持つ手は気取った感じがいいかな」

言われるまま、素直に従う。

自分の所作がみるみる洗練されていくような気がした。

時間はあっという間に経ってしまい、帰宅の途につく頃には、フローラはかなりひと目が気にならなくなっていた。

夕方に自分の馬車で家まで送ってくれたウィンザー侯爵は、玄関の前で立ち止まって尋ねる。

「明日は、美術館にでも行こうか。それともお嬢さんは遊園地のほうが好みかな」

「美術館がいいです。ちょうど、大通り美術館で、フレデリック・オーエン展を開催中なの。前から行ってみたかったんです」

ウィンザー侯爵の表情がおやっという感じになる。

「フレデリック・オーエンの絵なら、私も大好きだ。では美術館にしよう」

ウィンザー侯爵が手を差し出したので、そこに自分の手を預けると、そっと手の甲に口づけされた。いかにも紳士らしいスマートな挨拶だ。

でもフローラは、少しだけあの情熱的な口づけを期待していた自分に気がつき、ひとり赤面した。

「では、また明日、同じ時刻にお迎えに上がる」

ウィンザー侯爵が片手を軽く振って馬車に乗り込んだ。

フローラは夢見心地で馬車が走り去るのを見つめていた。

今日一日だけで、ぐんと大人になったような気がする。

明日はどんな婚活指導を受け、自分が変わるだろうか。とても待ち遠しい。


翌日、ウィンザー侯爵と大通り美術館へ出かける。

昨日贈ってもらった、最新流行のスタイルの緑色のドレスを着た。

前髪を上げて額を出したフローラの髪型に、両親も使用人達もまるで別人のように美しくなったと賛美してくれた。

二人が並んで歩くと、どこでも注目の的だ。

それはもちろん、ひときわ目立つ美男子と一緒だからだろう。でも、もう誰かに見られることに怯える気持ちは、ずいぶんと無くなった。「旗竿（ポール）」のようなのっぽな自分も、ウィンザー侯爵と一緒ならぜんぜん目立たない。素敵なドレスと新しい髪型は、今までの野暮ったくて陰気臭い自分を、かなりましにしてくれたと思う。

それがほんとうに嬉しい。

「フレデリック・オーエンは、初期の赤を基調とした画風が有名だね」

ウィンザー侯爵が一枚の絵の前で立ち止まった。

「私はこの夕陽の沈む絵が好みなんだ」

フローラは目を輝かせてた。

「ああ、わたしもです！」

心が弾んだ。

「この絶妙なカーマインレッドの絵の具の使い方！　落日なのに少しも寂しさを感じさせないで、次に来る夜明けを待ちわびているような希望が感じられて、わたしも大好きなんです！」

夢中になって喋ってから、あっと気がつく。

淑女はただ紳士の話をうんうんと聞いていればいい、そう指導されていたのだ。

ウィンザー侯爵が目を丸くしてこちらを見ている。

「ご、ごめんなさい……べらべらまくしたてて……はしたなかったですね」

頬を染めてうつむくと、そっとウィンザー侯爵の手が顎に触れ、顔を上向かせる。

「だめだめ、うつむいては。顔を上げて——それに、驚いたよ。君が絵画に造詣が深いなんて」

顎に触れた手入れの行き届いた指先の感触に、背中がかすかに甘く震える。

「姉達が舞踏会や夜会に興じている間、わたしは家に閉じこもって、音楽を聴いたり本を読んだりばかりしてたから――特に、フレデリック・オーエンの画集はすごく好きでした」

ウィンザー侯爵は柔和に微笑む。

「嬉しいね。同じ趣味の人と話し合えるのは、とても会話が弾む」

フローラはほっと胸を撫で下ろした。

「ずっと、本物の絵を見たかったんです。印刷とは迫力が全然違う。ウィンザー侯爵さま、ここに連れて来てくださって感謝します」

心を込めて礼を言うと、ウィンザー侯爵はわずかに目を逸らす。それから咳払いをした。

「そうか、ずっと閉じこもっていたなんて。これからは君をもっともっと、外に連れ出してあげなければね」

フローラはうなずいた。

「婚活の場を広げるためですね」

ウィンザー侯爵はまた咳払いした。

「う、うむ、そうだな」

それから、思いだしたように言う。

「ああそうそう。週末、私の知り合いの侯爵家で舞踏会が開かれるので、君を連れて行こう。そこで婚活の実践をするといい」

「舞踏会――ですか」

以前の夜会の時の屈辱感を思い出して、少しだけ躊躇する。

「大丈夫、私がお目付役で同伴してあげよう」

その言葉に元気が出た。ウィンザー侯爵と一緒なら――。

「わかりました。婚活、頑張ります！」

にっこり微笑むと、ウィンザー侯爵は眩しそうに目を細めた。

週末。

フローラはウィンザー侯爵から贈られた、紫色のスカートが大きく広がったドレスを着た。夜用のドレスは、襟ぐりが深く乳房の谷間が見えてかなり大胆で色っぽい。以前のフローラなら、絶対に着る勇気などなかったろう。

母から借りた銀狐のケープを羽織り、約束の時間に玄関ホールへの階段を下りていくと、すでにウィンザー侯爵が待っていた。

彼は漆黒の燕尾服に白い蝶ネクタイを締め、片手にグレイのウールコートをかけ、男性ファッション雑誌から抜け出てきたみたいに格好がいい。

すらりとしたその姿を目にしただけで、フローラの心臓は高鳴る。こんな素敵な男性にエスコートされて、ときめかない女性はいないだろう。

「お待たせしました」

フローラの声にこちらを振り向いたウィンザー侯爵は、満面の笑みになる。

「その紫、大正解だった。君の麗しい黒髪に、淡い紫は素晴らしく見栄えがするね」

ウィンザー侯爵に褒められると素直に嬉しい。他の人だったら、きっとお世辞だとしか思わないような大袈裟（おおげさ）なセリフも、すっとフローラの胸に入ってくるのだ。

連れて行かれた侯爵家は首都でも有数の大富豪で、大公陛下のお城みたいに立派な建物だった。招待客も先日の夜会とは比べ物にならないくらい多い。

ケープやコートをクロークに預け、ウィンザー侯爵に手を取られて屋敷の控えの間に入ると、すでに到着していた招待客たちの視線が、一斉にこちらに向けられるのを感じ、さすがに緊張してしまう。

フローラの強張りを素早く感じ取ったらしいウィンザー侯爵が、力づけるようにぐっとフローラが預けている腕を引きつける。

「怯えなくても大丈夫。みんな君への賞賛のまなざしだから——もうダンスが始まっているようだね」

確かに、控えの間の奥の扉を大きく開けた大広間から、優美な音楽が流れてくる。

「ではまず、手始めに一曲目は私がお相手しようじゃないか」

ウィンザー侯爵の言葉に安堵する。

やはり、初めての場所で見知らぬ男性と踊るのは不安だったのだ。

ウィンザー侯爵に手を引かれ、大広間に入っていく。

と、扉の所ですっと二人の眼前に、ローズピンク色のドレス姿の一人の女性が立ち塞がる。

「ご機嫌よう、ウィンザー侯爵様」

鈴を転がすような甘い声。目も覚めるような艶やかな美女だ。小柄で華奢な女らしい身体つき、ブロンドの巻き毛をたっぷり垂らし、ぱっちりした青い目、ちょっとツンとした赤い唇。

フローラが内心、自分の理想としてきた淑女そのものだ。

「今晩は、ケイト・ハリスン令嬢」

ケイトは隣のフローラの存在など、見えないかのようにウィンザー侯爵だけを見つめて話す。

「侯爵様が、お一人で舞踏会にお出でになるなんてお珍しいわね。ぜひ、私と一曲踊ってくださらないかしら」

彼女の青い目がキラキラしている。

ウィンザー侯爵が軽く咳払いした。

「申し訳ないが、ご令嬢。私は一人ではない。ちゃんと連れの女性がいる。ダンスの約束は、彼女としているので、あしからず」

それだけ言うと、ウィンザー侯爵はフローラを促して、さっさと大広間へ入っていく。

「ま、まあ！」

背後でケイトが鼻白んだ声を出した。

フローラは少し気になる。

「あ、あの……よろしいんですか？　あんなお綺麗な方を――」

「彼女はああ見えて、獲物を狙うメスライオンだからね、君子危うきに近寄らず、だよ」

ケイトはウィンザー侯爵に気があるようだけれど、彼の方は相手にしていないらしい。

そのことに、なんだかほっとした。

大広間のフロアでは、いく組もの男女がワルツに興じている。

フロアの中央に進み出たウィンザー侯爵は、フローラの両手を取りうやうやしく言う。

「麗（うるわ）しのレディ、一曲お願いします」

それがすごく芝居がかっているので、フローラは思わず笑ってしまう。

「うふふ、はい」

笑うことで、それまでの緊張がさっと解けた。

ウィンザー侯爵がフローラの手を握り、片手を腰に添えてくる。

二人はピカピカに磨き上げられたフロアの上を、滑るように踊り出す。

周囲の人々から、ほおっという感嘆の声が上がった。

フローラは異性とダンスをしたことはなかったが、踊るのは大好きだ。いつも家の広間で、誰もいない時にこっそりと一人で踊る練習をしていた。どうせ一生、男性相手に踊ることなどないと諦めていた。

社交界デビューして、初めて踊った相手はあのいけ好かないクロード子爵だった。だから、ダンスの印象は最悪だったのだ。もう二度と男性とダンスなど踊らない、とすら思ったのだ。

それなのに、今、息を呑むような美丈夫とダンスを踊っている。

ウィンザー侯爵のリードは優美でとても滑らかで、彼の腕に身を委ねているだけで心地よいステップが踏めた。

「いいね、とても上手だ」

ウィンザー侯爵は満足気にうなずく。

「こんなに踊れるなんて、自分でも驚いています」

少し息を弾ませて彼を見上げる。

ウィンザー侯爵が目を眇める。

「私は少し背が高すぎてね。大抵のお嬢さんと踊ると、まるで親子みたいで格好がつかなかったんだ。君はまるで誂えたように私にぴったりだ。最高だよ」

フローラは心臓がざわつくのを感じた。

ウィンザー侯爵の笑顔を見ると、なんだか甘くてせつない感情が胸を支配する。

この人はただ興味本意で、わたしの婚活指導をしているだけ。それ以上を期待してはいけな

い。だって、独身主義だって初めから言われていたもの――。

ウィンザー侯爵は自分の結婚は失敗したと言っていた。

どのような奥様だったのだろうか? こんなに素敵な男性なのに、どうして別れてしまったのだろう。

ウィンザー侯爵が語らないことは詮索しない方がいい。でも、ほんとうは気になって仕方ない。

曲はあっという間に終わってしまう。

ウィンザー侯爵はフロアの隅に並んでいる椅子の一つにフローラを誘導し、座らせた。

「喉が渇いたろう。なにか飲み物を取ってこよう」

ウィンザー侯爵が別室に姿を消すと、それを待っていたかのようにわっと若い男性たちがフローラを取り巻いた。

「お嬢さん、一曲踊ってください」

「いやいや、私と」

「いや僕と」

フローラは頭がクラクラする。

いまだかつて、こんなに沢山の男性から誘われたことなどない。どうしていいかわからない。

「ちょ、ちょっと休ませてください。飲み物を待っていて……」

そう言うと、男性陣は一斉に、

「お待ちください、美味しいカクテルをお持ちします」

「いやいや、冷たいアイスクリームですよね」

「ソーダ水がおすすめです」

などと言いながら、休憩室に飲み物を取りに向かった。

「ふうっ……」

驚いた。これが「モテ期」というものだろうか。

若い女性には、人生で一度は来るという「モテ期」。確かに姉妹たちにはその時期があったろうが、自分にはまったく関係無いことだと思っていた。

（これも全部、侯爵さまのおかげだわ……）

満たされた気持ちでフロアをぼんやり眺めていた。

向こうで、ウィンザー侯爵に迫っていたケイトという令嬢が、とびきりハンサムな青年と踊っている。ケイトがこちらをちらちら見ながら、青年になにか耳打ちした。と、ふいに二人は別れ別れになり、ハンサムな青年の方がこちらにまっすぐ進んできた。

「御機嫌よう、美しいお嬢さん。一曲踊ってくださいますか？」

ブロンドの髪に水色の目の、舞台俳優みたいな美男子だ。

「あの……」

フローラが返事をする前に、青年はさっとフローラの手を攫(さら)った。

「あ――」

強引にフロアに引き出される。

青年は真っ白な歯を見せて微笑みながら、フローラの背中に手を回す。

「こうでもしないと、あなたの争奪戦に負けてしまいますからね」

青年は感嘆したように言う。

「なんて細いウエストだ」

背中に置かれた手が、そろりと腰を撫でる。

「っ――」

その瞬間、ぞっと悪寒が走る。いやだ、逃げたいと思った。

青年はフローラを振り回すように踊り始める。

こういう時、どう断っていいかなんてまだわからない。

「あ、あの、わたし……」

「素敵な方、僕はあなたに一目惚(ひとめぼ)れです。どうか、帰りは送らせてください」

青年の息が顔にかかるほど寄せられる。

フローラは恐ろしくてぎゅっと目を瞑った。

「そろそろ帰る時間だよ、フローラ」

聞き覚えのある滑らかな低い声がした。

青年の足がぴたりと止まった。

フローラははっと瞼を開ける。

ウィンザー侯爵が、青年の肩をがっちり掴んでいる。

彼の顔はにこやかだが、指が肩に食い込むほど力が入っていた。

「マクレガー子爵、君はこんな場所をうろついていて、いいのかね？」

ウィンザー侯爵の声はひやりとするほど冷たい。

マクレガー子爵と呼ばれた青年が、みるみる顔を青くする。

「し、失礼、ご令嬢。また日を改めて――」

マクレガー子爵は、ぱっとフローラから手を離した。

彼はそのまま、そそくさと逃げるみたいに大広間を出て行ってしまった。

「侯爵さま……」

フローラは心からほっとした。

ウィンザー侯爵がキッと端整な顔を向ける。

「あの男は多額の借金を抱えたジゴロだ。金持ちそうな未亡人や未婚の令嬢を食い物にするので、社交界では鼻つまみものなんだ」

フローラは目をパチパチさせた。

「そ、そうなんですか……」

「よりによって、あんな男とダンスをするなんて――」

ウィンザー侯爵はひどく怒っているようだ。

フローラはしゅんとしてしまう。

自分に男を見る目がまったくないことをつくづく思い知らされる。

「ごめんなさい……わたし、ぜんぜん男の方を見抜く力がないんですね……」

これで婚活がうまくいくだろうか。

あまりに自分が不甲斐ないので泣きたくなる。

と、ウィンザー侯爵は表情を和らげた。

「まだ始めたばかりだよ。徐々に見る目は養っていけばいい」

フローラはくすんと鼻を鳴らす。

「そうですけれど……」

濡れた目でウィンザー侯爵を見上げる。

「侯爵さまみたいに、素敵な男性が、現れるでしょうか?」

ウィンザー侯爵が一瞬声を呑む。

「――私、みたいな?」

なぜそんな戸惑った顔をするのだろう。

フローラは素直に思っていることを言う。

「はい。ご身分が優れてお姿が美しいのももちろんですけれど、一緒にいると時間が経つのを忘れるほど楽しいんです。夫婦になるのって、やっぱり気持ちが大事で……」

「もう行こう」

ウィンザー侯爵はこちらの言葉を断ち切るみたいに腕を取った。

「はい……」

無言で歩き出すウィンザー侯爵の横顔をちらちら見ながら、フローラはなにか気に障ることを言ったろうかとうろたえる。

馬車に乗り込んでも、彼は窓辺にもたれてなにか考え込んでいる素振りだ。

「あの……侯爵さま」

おろおろするフローラに、ウィンザー侯爵はやっと気を取り直したように顔を振り向け、微笑んだ。

「すまない、少し考え事をしてしまって――夜会や舞踏会では、当分私がお目付け役をしてあげよう。君に最適の男性が見つかるまでね」

いつものウィンザー侯爵に戻っているのでほっとした。

「はい、よろしくお願いします――今夜はありがとうございました。とても楽しかった」

「そうか、それならよかった。なにが一番楽しかったかい？」

フローラはちょっと考えてから、素直に答えた。

「ダンスです。侯爵さまとのダンスが一番楽しかったです」

ウィンザー侯爵が目を瞬く。

「それでは婚活の意味がないじゃないか？」

「あっ、そうですね。わたしったら……」

二人は顔を見合わせてふふっと苦笑した。

笑った後、おかしな間ができた。

ウィンザー侯爵が咳払いして口火を切る。

「そ、そろそろ君の屋敷に到着だな」

「そ、そうですね」

「おやすみのキスをしてもいいかな？」

「もちろんです」

ウィンザー侯爵の身体が寄せられてきた。

ウィンザー侯爵の芳しいフレグランスの香りに包まれると、フローラの胸は妖しくざわめいてくる。

フローラは目を軽く閉じて軽く顎を上げた。

ちゅっと左頬に口づけされる。

続けて右頬に。

そして、啄むように唇に。

唇と唇が触れ合った途端、うなじの辺りに甘い愉悦が弾ける。

ふっと目を開き、目の前のウィンザー侯爵の目を覗き込んだ。青い目に、自分の陶酔したような表情が写っていて、どきりとする。

ウィンザー侯爵も同じような表情をしていることに気がつき、脈動が速まってくる。

「フローラ――」

低く掠れた声で名前を呼ばれる。

「フローラ、フローラ」

口の中でキャンディーを転がすみたいに甘い響き。

ウィンザー侯爵が再び唇を軽く合わせ、顔をわずかに左右に揺らして、撫でるみたいな口づけをしてくる。

それだけでフローラの頭の中はかあっと熱くなり、理性が蕩けていくようだ。

「ん……ふ」

わずかに唇を開いて、そろっと舌先でウィンザー侯爵の唇を味わう。

「っ――」

ウィンザー侯爵が弾かれたみたいに身体を引いた。

フローラははっとする。

「あ……わたし……っい」

ウィンザー侯爵はなぜかせつない顔になる。

「いけない子だ——もうそんなキスを覚えて」

彼の心地よい低音ボイスが鼓膜に染み込んできたかと思うと、ぎゅっと強く抱き締められた。

「キスはね、唇にするだけではないのだよ」

甘い息が頬を擽り、ウィンザー侯爵の柔らかな唇が耳朶に触れてきた。

「あっ？」

ぞくっと甘い痺れがそこから身体の中心に走る。

「あ、ぁ、や、そこ……」

身を捩って逃れようとしたが、逞しい腕に抱きとめられてしまう。

濡れた熱い舌が、耳殻の形をなぞるように這い回る。

「んんっ、や、め……、だめ……」

淫らな鼻声が漏れてしまう。

ウィンザー侯爵の舌は耳孔の奥まで挿し込まれ、粘着質な妄りがましい音が頭の中に直に響いてくる。

「あ、あぁ、はぁ、やぁ……っ」

信じられない。

普段はなにも意識しない耳に口づけされただけで、全身に震えが来るほど甘く痺れてしまう。

「耳が弱いのかい？――とてもそそる悩ましい声を出すんだね」

ウィンザー侯爵の悩ましい声に心が掻き乱される。

「やめて……ください、なんだか……へんな気持ちに……あ、ぁあ」

耳朶の後ろから首筋にかけて舌がぬるりと這い回ると、自分のあらぬ部分の奥がきゅんと疼き、未知のせつない感覚が増幅してくる。

「可愛いね――君の恥ずかしい秘密をまたひとつ見つけた」

ウィンザー侯爵は嬉しげな声を漏らし、耳朶や首筋を執拗に攻めてくる。

「だめ……あぁ、あ、は、や……ぁあ、ん」

妖しい快感がじわじわと下腹部の奥から迫り上がってくる。

なにかに追い立てられるような気持ちになり、全身が熱く疼き慄いてしまう。

「お、願い、です……も、あ、あきゃあっ」

ふいにウィンザー侯爵が耳朶に歯を立てた。

一瞬意識が薄れ、自分の恥ずかしい部分がざわめいてなにか濡れるような感触に、思わず甲高い声を上げてしまった。

「ああ、たまらない声を出すね、フローラ。キスだけで、達かせてあげよう」

ウィンザー侯爵が息を乱しているフローラの頬を両手で包む。

「い、達く……？」

フローラは呼吸を整えながら、潤んだ瞳でウィンザー侯爵を見上げた。

「こういうことだ」

そう言うや否や、ウィンザー侯爵は唇を重ねてきた。

「んっ……」

彼の舌が強引にフローラの唇を押し開き、舌を乱暴に絡め取った。

強く吸い上げられた瞬間、脳芯まで痺れる快感が貫いた。

「ん、んっ、んんんぅ、んーっ……っ」

頭が真っ白になる。ぎゅっと目を閉じて、襲ってくる喜悦に耐えようとした。

ウィンザー侯爵の舌は芳しいワインの香りがし、口腔を淫らに蹂躙してくる。

「んぅ、や、あ、んんう、は、はぁあ……」

フローラはめくるめく愉悦に酩酊してしまい、全身が弛緩してくるのを感じた。

そして――舌の付け根まで強く吸われた刹那、瞼の裏で激しく官能の火花が散った。

「は……ぁ、あ、あ、あぁ……ぁ」

びくびくと腰が戦慄き、きゅうっと膣襞が収縮するのを感じた。

そして服の内側で、乳首がチリチリと熱く硬くなってくる気がする。

その時、舌を絡めながらウィンザー侯爵の片手が、胸をまさぐってきた。

「んんっ」

驚いて身を引こうとした時、彼のしなやかな指先が服地を押し上げて尖ってきた乳首を探り当て、きゅっと摘んだ。

「ふぁあ、あぁあっ」

痺れる甘い疼きが、乳首から直に子宮を襲ったような感覚にとらわれる。

ウィンザー侯爵はそのまま抉るみたいに乳首を撫で回してくる。

今まで自分のその器官を、こんなにもくっきりと意識したことなどなかった。そこがこんなにも快感を生み出すなんて、知らなかった。

乳首の刺激で、きゅんきゅんと媚肉がせつなく収斂を繰り返すのが自覚できた。

「んぅ、や、だめ、あ、ふぁ、あぁぁん、んあ……」

快美な刺激が身体を走り抜け、背中が仰け反った。

股間が痛みを伴うほど疼き、どうしていいかわからずもじもじと太腿を擦り合わせて遣り過ごそうとした。

甘い痺れが下腹部に溜まり、それが耐え切れないほど膨れ上がってくる。

自分が自分でなくなるみたいで、怖い——でも、どうしようもなく気持ちよくなってしまい、抵抗する術を知らない。

ほどなく子宮の奥がつーんとして、なにもかもが快楽に押し流された。

「んんぅ、んんんっ、んん――――っ」

フローラはくぐもった嬌声を上げて身を強張らせる。やがて、骨が抜かれたみたいに力が抜け、何もわからなくなった。

ウィンザー侯爵にぐったりと身を預けると、彼がゆっくりと顔を離した。

「……はぁ、は、はぁ……ぁ」

息も絶え絶えで、華奢な肩を上下させているフローラを、ウィンザー侯爵が熱の籠った眼差しでじっと見つめる。

「初めて、官能の悦びを知ったろう？」

ウィンザー侯爵は抱きしめていた腕の力を抜き、優しくフローラの髪を撫でた。

「わ……たし……」

頬が火照り心臓がドキドキしている。

目尻に快楽の名残の涙が溜まっている。

その涙を、ウィンザー侯爵がちゅっと音を立てて吸い上げた。

「これが、大人になるということだよ」

掠れた艶めいた声でささやかれ、再び膣奥がひくりと反応する。

ウィンザー侯爵にあやすように背中を撫でられていると、ほどなく、馬車が自宅前に到着した。

そっと身を離したウィンザー侯爵は、先に馬車を降りてフローラに手を貸してくれる。

フローラはまだ茫然自失といった体で、ふらふらとステップを下りた。

「それでは、おやすみ、フローラ。今週末も、知り合いの公爵家が夜会を開くので、君を誘うから、今度こそ意中の男性を射止めるんだよ」

彼が握手の手を差し出す。

その手をぼんやり握り返す。

薄暗がりで見るウィンザー侯爵からは、ぞくりとするほど大人の色香が滲み出ていて思わず見惚れてしまう。

彼が馬車に乗り込み姿が見えなくなっても、フローラは身体の火照りが収まるまでいつまでも見送っていた。

その夜、大人の快楽を教えられたせいだろうか。

フローラは悶々としてなかなか寝付けなかった。

頭の中は舞踏会より、ウィンザー侯爵のことでいっぱいだった。

第三章　擬似結婚のススメ

婚活をウィンザー侯爵と始めて、二回目の週末。

フローラはウィンザー侯爵にエスコートされ、某公爵家の主催する夜会に赴いた。

今宵は、母が急遽手配してくれたドレスの中から、真珠で飾られた藍色のドレスを選んだ。

袖なしで襟ぐりが深く、真っ白な肩と胸元を見せたデザインは、自分でも少し背伸びしたかなと思う。けれど、迎えに来たウィンザー侯爵が、目を輝かせて、

「もう大公陛下の前に出しても恥ずかしくないくらい、美しいよ」

と、褒めてくれたので、すっかり自信を持った。

公爵家に到着し、ウィンザー侯爵に手を取られて会場に入った時も、人々の視線にたじろがない自分がいた。

（侯爵さまのおかげだわ）

フローラを椅子に誘導したウィンザー侯爵は、

「護衛みたいに君に纏わりついているのはよくないから、私は喫煙所で休憩しているよ。夜会

を楽しみなさい」

　そう言い置いて、その場を去っていた。

　ウィンザー侯爵がいなくなると少し心もとなくなるが、彼に言われたことを守って背筋をしゃんと伸ばし、笑みを絶やさずにいる。

　すると先日みたいに、独身の男性がわらわらとフローラに群がってきた。

　今回はじっくり見極めようと思う。

　何人かの男性と会話してみたが、デビー・レイノルズ男爵という青年が一番好感を持てた。

　決して背も高くないしハンサムでもないが、口調が誠実で声の響きが少しだけウィンザー侯爵と似ている。彼のダンスの誘いに応じる。

　終始とても優しいリードをしてくれて、ダンスはなかなか楽しかった。

　ダンスが終了すると、レイノルズ男爵が申し出てくる。

「ハワード男爵ご令嬢――次の週末に、僕とデートをしてくれませんか？　もちろん、僕から馬車でお迎えに上がりますし、日の高いうちにお屋敷にお返ししますから――あなたほど魅力的な方なら、男性から引く手数多（あまた）かもしれませんが、気持ちは誰にも負けないつもりです。ぜひ――」

　控えめな誘い方に、ますます好感度が上がった。

「ええ……よろしくお願いします」

少し顔をうつむけておしとやかに答えると、レイノルズ男爵は飛び上がらんばかりに喜んだ。

「ああ！　ありがとう！　あなたのお気持ちに応えられるよう努力します」

帰りはお目付役の人と帰るからと、いったんレイノルズ男爵と別れたフローラは、ぱっと席立って慌てて喫煙所に向かおうとした。

ちょうど、会場の扉付近でばったりウィンザー侯爵と鉢合わせした。

「おおフローラ、首尾はどうかなと思って来たんだが——」

「侯爵さま、侯爵さま、たいへんです、わたし、デートに誘われました！」

息急き切って報告する。

ウィンザー侯爵が興奮気味のフローラの肩をぽんと叩く。

「そうか、よかったじゃないか」

フローラは首をぶんぶん振る。

「で、でも、知らない男の人とデートなんかしたことないんです。どうしましょう。どうしたら……」

ウィンザー侯爵は苦笑いした。

「落ち着いて落ち着いて。わかった。では明日また、デートの予行演習をしようか」

フローラはほっと息を吐いた。

「ああよかった。お願いします。デートで相手の方を退屈させたり失望させたくないんです」

ウィンザー侯爵が目を細める。

「私は君といて退屈したことなど一度もないよ。君は、そのままで十分魅力的なんだがね」

普通の口調でさらりと言われたのに、フローラは心臓がきゅんと震えた。頬が赤くなってくるが、平静な表情を保った。

どうしてだろう。

ウィンザー侯爵の言葉にいちいち過剰に反応してしまう。

今はあまり深く考えまいとした。

ウィンザー侯爵の手ほどきを受けて、本番のデートを成功させるのだ――。

翌朝、早起きしてフローラはウィンザー侯爵との擬似デートに備えた。

ウィンザー侯爵と会えると思うと、なんだか気持ちがウキウキして身体中に力が漲るような気がした。

何着もの新しいドレスの中から、どれを着て行こうかと迷う。

不思議だ。

今まで、ドレス選びに悩んだことなどなかったのに。

そもそも、今まで着ていたのは同じデザインと色の簡素なドレスばかりで、選ぶ余地などなかった。舞踏会に何を着て行こうかしらと、前日からきゃっきゃっと何時間も迷っていた姉妹たちを、くだらないわと冷ややかな目で見ていたくらいなのに。

これを着たらウィンザー侯爵は褒めてくださるだろうか。あれを着たらウィンザー侯爵は目を輝かせるだろうか。

そんなことを考えるだけで胸が躍ってしまうのだ。

「フローラ、ウィンザー侯爵様がおいでになりましたよ。いつまで支度に時間がかかっているの？」

化粧室の扉の向こうから、母が呼びにくるぎりぎりまで服選びにかかってしまう。

「今、行きます」

大急ぎで侍女たちに手伝わせて支度を済ます。さんざん迷ったけれど、結局ウィンザー侯爵が最初に褒めてくれた青いドレスに決めた。

中央階段を下りていくと、いつもなら玄関ホールで待っているはずの彼の姿がない。

扉を開けて顔を覗(のぞ)かせると、屋敷前のプロムナードに、奇妙な乗り物に乗ったウィンザー侯爵の姿があった。

「おはよう、フローラ」

シャツにチョッキに半ズボン、頭に小粋にハンチング帽を被りリュックサックを背負っている。腕まくりして筋肉質な腕をのぞかせたラフなスタイルも、また格好がいい。

彼は乗り物を下りて、こちらを眩しそうに見る。

「その青いドレスは、ほんとうによく似合っている」

褒められて頬が熱くなる。このドレスにしてよかった。

フローラは階段を下り、見慣れぬ乗り物をまじまじ眺めた。

並んだ大きな二つの車輪の前後に小さい車輪が装着されていて、大きな車輪にはペダルが付いている。

「まあこれ！　自転車ですね」

首都では今、馬車に取って代わるサイクリングが大流行だと聞いていた。姉たちの中には、ブルーマを履いて自転車を乗り回すツワモノもいたくらいだ。

でも、内気で引っ込み思案だったフローラには、無縁の乗り物だった。

「その通り。これはね、二人乗り用なんだ。ほら、君は僕の前の座席に乗るんだよ」

フローラは目を丸くする。

「わたしも乗るんですか?」

ウィンザー侯爵は大きくうなずく。

「もちろんだよ。こんないい天気なのだもの、ちょっと郊外までサイクリングと洒落こもうじゃないか。リュックにはシェフに作らせた特製の弁当も入っているよ」

フローラはこわごわ自転車を見る。

「で（も）……わたしに、乗れるかしら……」

ウィンザー侯爵は白い歯を見せて朗らかに微笑む。

「もし婚活の相手が、アクティブな男性だったらどうするの？　デートでサイクリングに行こうと誘われることもあるかもしれない。何事も尻込みして怖がっていては前に進めないよ」

そう言われると断れない。

ウィンザー侯爵の手を借りて、恐る恐る自転車のサドルに腰を落とす。

馬車と違って全方位が開放的で、通りを行く人の目が気になる。

ウィンザー侯爵の方は、そんなことにはおかまいなく、

「それじゃあ、出発進行だ。手すりにしっかり掴まっていないと、石畳はけっこう揺れるぞ」

と言いながら、後ろのサドルに跨（また）がってペダルを踏み込んだ。

がくん、と自転車が前に進む。

「きゃっ、あ、こわいっ」

がたがたと上下に振動する自転車の動きに慣れないフローラは、悲鳴を上げる。

背中でウィンザー侯爵が声を上げて笑う。

「ははは、君は子どもみたいだね」

爽やかな笑い声を聞くと、気持ちが浮き立ってだんだん恐怖心が薄れてきた。

髪がなびき、風と一体になって飛んでいるようだ。

「ああ、すごい、すごいです。身体ごと飛んでいくみたい」

フローラは帽子を片手で押さえ、肩越しにウィンザー侯爵を振り返り、笑みを浮かべた。

「ね、爽快だろう？　馬よりずっと気楽に移動できるんだ。女性でも簡単に一人で乗りこなせるし、そのうち君と並んでサイクリングしたいね」

「並んで……」

フローラの頭の中に、自転車を颯爽と乗りこなし、ウィンザー侯爵と笑い合いながら自転車を操る自分の姿が浮かんできた。

胸がときめく。

メインストリートから脇道へ入り、街中を進んでいく。

背が高く目立つ二人に人々の視線が集中するけれど、もう楽しさが先に立っているから気にならない。

景色がどんどん後ろに飛んでいく。まるで、二人きりで違う空間にいるみたい。

「ああ楽しいわ、侯爵さま、もっと、もっと速くよ！」

フローラははしゃいだ声を出す。

「ようし！」

ウィンザー侯爵は力任せにペダルを踏み込む。

速度がぐんと増した。

郊外に出て、周囲は人家の少ない畑ばかりになった。

長い下り坂に出た。

　自転車は一気に下り始める。

　ちょっと恐ろしいほどの速さになった。

「こ、侯爵さま、す、少し速すぎるかも……」

　フローラは自転車の手すりにしがみ付き、不安な声を出す。前に座っているので、もろに速度を感じるのだ。

「そ、そうだな――」

　ウィンザー侯爵はブレーキのレバーを引こうとして、低く呻いた。

「――いかん、ブレーキが利かぬ」

「え、ええっ？」

　自転車は減速できないまま、恐ろしい速さで坂を下っていった。

　と、坂の向こうから荷馬車が道いっぱいになって登ってくるのが見える。

「侯爵さま、ぶ、ぶつかります！」

「くそ！」

　ウィンザー侯爵は手元のハンドルで必死に自転車を操作しようとする。

　みるみる眼前に荷馬車が迫ってきた。荷馬車の御者がなにか怒鳴っている。

「ああっ」

　フローラは思わず目を瞑ってしまう。

「フローラ！」

ウィンザー侯爵は背後からフローラを庇うみたいに覆いかぶさり、衝突寸前で自転車の向きを変えた。

道路から外れた自転車はものすごい勢いで、道の側の扉の開いていた鶏小屋に飛び込んだ。

「きゃあああっ」

硬いものにぶつかるような衝撃があり、二人は自転車から投げ出された。

ウィンザー侯爵がとっさにフローラを抱きかかえた。

どさりと落下する。

恐れていた痛みはなく、なにかにふわりと受け止められた感じがした。

鶏たちがけたたましく鳴く声がする。

「――フローラ、フローラ、怪我はないか？」

フローラをしっかりと抱いたまま、ウィンザー侯爵が気遣わしげに声をかけてきた。

フローラはおそるおそる目を開く。

「はい……大丈夫です」

見ると、二人は鶏小屋の隅に積み上げた藁束の中に落ちていた。

「ふう――間一髪だった」

ウィンザー侯爵が安堵した声を出す。

自転車は鶏小屋の壁にぶつかったのか、車輪が大きくひしゃげて床に転がっていた。

二人はゆっくり身を起こした。

驚いて逃げ惑っていた鶏たちが、わらわらと二人の周りに集まってきた。

「ほんとうにすまない、二人乗り自転車に乗るのは、実は今日が初めてで、勝手がわからなかった」

ウィンザー侯爵が心底申し訳なさそうに言う。

その美麗な顔も粋な服装も、藁まみれ鶏の羽だらけだ。

ふいにフローラは、腹の底から笑いが込み上げてきた。

「ふ、ふふふ……侯爵さまのその格好！　あはは、おかしい！」

ウィンザー侯爵は笑い転げるフローラを、一瞬ぽかんと見た。

それから、誘われたように笑みを浮かべた。

「君こそ――帽子が吹っ飛んで髪がくしゃくしゃで、おしゃれが台無しだ」

二人は腹を抱えて笑い合った。

ひとしきり笑うと、ウィンザー侯爵はフローラの髪や顔にまとわりついた藁クズをそっと払ってくれる。

「せっかくのデートの練習だったのに、悪かったね」

フローラは首を振る。

「いいえ、いいえ。こんな体験、めったにできませんもの。ハラハラドキドキして、すごくいい思い出になりました」

ウィンザー侯爵が目を眇める。そして独り言のようにつぶやく。

「君は——いい子だね。君の良さがわからなかったなんて、世の男どもの目は節穴だ」

フローラはなぜだか胸がぎゅっと締め付けられる。

頬が火照ってくるのがわかる。

そっと顔を上げると、ウィンザー侯爵が真剣な目で微動だにせずこちらを見つめていた。

フローラはふいに息苦しくなり、わざとはしゃいだ調子で立ち上がる。

「ああ、すっかり藁だらけ。自転車は壊れてしまったし、どうしましょう?」

ウィンザー侯爵がはっとして穏やかな表情に戻る。

「うむ、とりあえず、そこの木陰で食事でもしようか」

大きな木の下にクロスを敷き、二人はウィンザー侯爵の持参した弁当を広げる。

色とりどりのサンドイッチやチーズに果物、瓶詰めのレモネード。

「ああ美味しい。外で食べると、どうしてこんなに美味しいんでしょう」

フローラはハムのサンドイッチにかぶりつきながら、ウィンザー侯爵に笑いかけた。直後、淑女は殿方の前ではむやみにものを食べてはいけない、というハンナ叔母の教えを思い出す。

「やだ……わたしったら、むしゃむしゃ食べてしまって……」

手にしていたサンドイッチを膝の上の皿に戻そうとすると、ウィンザー侯爵が首を振った。

「いいから、好きなだけ食べなさい。婚活の相手の前では気取ることも必要だが、私の前では気を使うことはない。それに、私は健康な食欲のある女性のほうが好みだしね」

そう言われて、ほっとした。

頭の悪いフリをしたり、食欲がないフリをしたり、いつでもニコニコ楽しそうなそぶりをしたり、婚活って何て大変なんだろう、と頭の隅で思う。

そんなふうにほんとうの自分を偽って得た男性とずっと暮らしていくことって、幸せなんだろうか、という疑問もふと湧く。

いやいや、そもそも恋人もいなかったくせに早計に判断することではない、と自分に言い聞かせた。

「ああ、お腹はいっぱいだし、風は心地よいし、美人が隣にいるし。言うことないな」

ウィンザー侯爵が腕を頭の後ろに組み、ごろりと草地の上に仰向けになる。

いつもの堅苦しいくらいの彼と違って、すこしお行儀の悪いところがまたすごく新鮮な魅力に感じる。

「食休みに、歌でも歌いましょうか?」

フローラが申し出ると、ウィンザー侯爵が大げさに疑わしげな声を出す。

「君が歌を?」

「まあ、失礼ね。これでも歌は好きなんです。ただ、人前で披露したことはないけれど」

フローラは少し自信なげに、小声で歌い始める。

「光のどけき　春の日に　天使が空から舞い降りて――」

一節だけ歌って、ウィンザー侯爵の様子をうかがう。

彼は目を瞬いた。

「もう少し歌って」

促され、もう少し大きな声で歌い出す。

「すべてひと　神の御子　祝福の光が我らを包み込む」

ウィンザー侯爵が軽く目を閉じた。

歌いながら、フローラは眠ってしまったのかしらと思う。

一番だけ歌い終えて、そっとウィンザー侯爵の顔を伺うと、

「聞いているよ、続けて」

と、目を瞑ったまま彼が声をかけてくる。

「は、はい……」

フローラは傍のウィンザー侯爵の顔を見つめながら歌い出す。

「緑濃くなる　夏の日に　天使が空から舞い降りて――」

「いい声だ――聞き惚れるね」

ウィンザー侯爵がぽつりとつぶやく。褒められて、胸が弾んだ。

彼の伏せた長い睫毛(まつげ)が彫りの深い顔に陰影を加え、なんて美しいのだろう。

フローラはうっとりと彼に見惚れながら、朗々と歌い続けた。

今まで経験したこともない、穏やかな満ち足りた時間が流れていく。

フローラはずっとずっとウィンザー侯爵の顔を見ていたい、と心密かに思う。

一服後、ランチの後片付けをして、どこかで辻馬車を拾って帰ろうということになった。

だが沿道に出てみたが、農村地帯とて辻馬車など通らない。

二人は途方に暮れて、やっと通りかかった農家のロバが引く荷馬車に声をかけた。

農夫は快く街の外れまで送ってあげようと言ってくれた。

素朴そうな農夫は藁クズがあちこちに付いている二人の格好を見て、ウィンザー侯爵に向かってウィンクする。

「こんな美人相手では、旦那も昼から我慢できなかったご様子ですな」

フローラは彼の言葉の意味がわからず、首を傾けた。

「え？　侯爵さま、あの人なにをおっしゃっているの？」

ウィンザー侯爵は目元を染め、激しく咳払いしたのみであった。


翌週末。

フローラは粧(めか)し込んで、迎えに来たレイノルズ男爵と出かけた。

「あらまあフローラ、毎週忙しいこと。でもよいご縁があるといいわね」

母はにわかに積極的に婚活を始めたフローラを、驚きつつも歓迎しているようだ。母の喜びようを見ると、行き遅れ決定だった娘の行く末を両親はずいぶんと心配していたのだな、と内心すまなく思う。できれば早急に婚活を成功させたいものだ。

レイノルズ男爵とカフェでお茶を飲み、その後運河の横を散歩した。

お茶は美味(おい)しく、運河も美しい。

でも、フローラの胸はなぜか少しも弾まない。何を食べても見ても聞いても、なにも心に響いてこないのだ。

天気はよく、そぞろ歩いているカップルがたくさんいる。

どのカップルも仲むつまじそうに見え、フローラは自分たちもあんなふうに見えているのかしらと、ぼんやり思う。

レイノルズ男爵はとても紳士的にあれこれ気遣ってくれ、フローラに面白そうな世間の話題を話しかけてくる。

「まあ、そうなんですか」「すごいですね、知りませんでしたわ」「とても面白いですね」

レイノルズ男爵の話を熱心に聞くふりをして、笑みを絶やさず時々相槌を打つ。

けれど、頭の中は思考がいつの間にか横滑りして、今頃ウィンザー侯爵は何をなさっているのかしら、などと考えてしまう。

「――この話は、詰まらないですか?」

ふいにレイノルズ男爵が眉をひそめて聞いてきた。

ぼんやりしていたフローラは、慌ててにっこりする。

「い、いいえ、とても興味深いですわ」

しかしレイノルズ男爵の表情は硬いままだ。二人の間に気まずい空気が流れた。


一方その頃。

ウィンザー家では、クレメンスが母の午後のお茶の相手をさせられて、イライラを募らせていた。

「クレメンス、この頃盛んにどこかの娘さんと出かけていたようだけど、その方とはどうなったのかしら」

母が向かい席から探るような視線でこちらを見つめてくる。

「母上、ただの友だちです。別に特別な関係ではありませんよ」

そっけなく返事をすると、母がわざとらしくため息をついた。

「ああ――いつになったら孫の顔が見られるのかしら。このまま、ウィンザー家の直系が途絶えたりしたら、亡くなったお父様に申し訳が立たないわ」

　クレメンスはむすっとしてティーカップを置く。

　母はさらに言い募る。

「昔の結婚のことにこだわっているのなら、ほんとうはお前には責任がないのだから。あの女が悪い――」

「母上、その話はしないでください」

　クレメンスの口調が鋭くなったので、母はさすがに言いすぎたかと口を噤んだ。

　クレメンスが深いため息を吐き、先日の夜会のことを思い出す。

　フローラを置いて喫煙室に行ったものの、シガーの半分も吸わないうちに気になって仕方なく、こっそりと会場に戻ったのだ。

　扉の影から覗くと、フローラは朴訥そうな青年とダンスを踊っていた。なんだかやけに楽しげに見える。相手の青年は、フローラの美しさにぽうっとした表情だ。

　身なりもよく礼儀正しそうで、悪い青年ではなさそうだ。フローラも気に入っている様子だ。なかなかいい相手を選択したと思えた。

　だが、クレメンスは胸の奥がもやもやした。

　フローラがやってきて、あの青年とデートをすることになったので指南してくれと頼んできた時、まるであの青年に張り合うみたいに最高の模擬デートをしてやろうと思った。

夜中なのに店をたたき起こし、最新流行の二人乗りの自転車を手に入れた。好奇心に富んだフローラは、きっと喜ぶだろう。

二人乗り自転車の件は残念な結果に終わったが、そのアクシデントをフローラが楽しんでくれたことに感銘を受けた。そして、思いもかけず澄んだ美しい歌声の持ち主であることも、印象深かった。

この娘は埋もれた金鉱のようだ。知るほどに、新鮮な驚きを与えてくれる。

あの時、頭の後ろに腕を組んで見上げた青空は、どこまでも青く美しかった。

フローラの優しい歌声を聞きながらとろとろ微睡(まどろ)むのは、経験したことのないほど至福の時間だった。そっと目を開けて彼女の顔を伺うと、心地よさげに歌う横顔は無防備で美しかった。

この歌声を横顔を、独り占めしたい。

クレメンスは自分の中の熱い気持ちをはっきりと感じ、戸惑いを隠せないでいた。

今頃、フローラは婚活で出会った青年と楽しくデートをしているのだろうか。

あの素敵な微笑みが、見知らぬ男に向けられているのか。

もしかしたら、相手の男が積極的で、手など握っているかもしれない。いやいや、キスくらい仕掛けてくるかもしれない。フローラは拒まないだろう。だって、フローラにはキスくらいはカップル間では当然だと教えてある。

だが実は、あれは止(や)むに止(や)まれぬ衝動に突き動かされてしまっただけだ。それをうまくごまかすためにあんなことを言ったが、素直なフローラは信じきっているだろう。

考えるだけで自分の軽率な行動にむしゃくしゃしてくる。

クレメンスはこつこつとテーブルを指で小刻みに叩いていた。

「ねえ、クレメンス。私の入っている婦人会サークルで、まだ若い未亡人の女性がおられるの。とても綺麗な方で、再婚相手を探しているそうよ、よければ――」

母が身を乗り出すようにして話しかけてくる。

「母上、そういう斡旋(あっせん)は無用です」

クレメンスがぴしゃりと言うと、母はかっと顔を赤くする。

「だってお前はウィンザー家の長子として、後継を作る義務があるのですよ！　それに、これから次期総裁候補として出世していくのに、結婚していなければ不利になるでしょう？」

結婚の義務や利益ばかり押し付けてくる母の言葉に、クレメンスもかあっと頭に血が上った。

「母上、私にだって意中の女性くらいいるんです！」

口走ってしまってから、はっとする。

母は食いついてきた。

「ええっ!?　どなたなの？　ぜひ紹介してちょうだい」

「いや――それは」

クレメンスは口ごもる。

母は追及の手を止めない。

「ねえ、ほんとうに心に留めた方がいるなら、紹介なさい。でなければ、私、明日にでも例の未亡人の方に連絡取りますからね」

「いえ、それは無用です。私の彼女の名前は――」

クレメンスは意を決した。


夕方。

フローラは早い時間に、レイノルズ男爵に送られて自宅へ戻ってきた。

屋敷の戸口に辿り着くと、早く家の中に入りたがっている自分がいる。

でも、ここで次のデートに繋げないといけない。

「今日はありがとう、レイノルズ男爵さま。とっても楽しかったです」

作り笑顔で相手を見る。

だがレイノルズ男爵は浮かない表情だった。

「それはよかった――でも」

彼はぼそりと言う。

「でも僕はあなたのお心に叶わなかったようです」

フローラは目を丸くする。

「え？」

レイノルズ男爵は丁寧に頭を下げた。

「申し訳ありません。お付き合いはこれまでにさせてください。僕はあなたがとても気に入っていたのですが、ひどく残念です」

彼はそう言うと、そのまくるりと背中を向けて、自分の馬車に乗り込んでしまった。

「あ、あの？」

馬車は無慈悲に走り去る。

フローラは呆然と立ち尽くしていた。

なにが起こったか、しばらくわからなかった。

そして、やっと理解する。

（わたし、ふられたんだ……）

虚ろな表情で屋敷に入り、デートの首尾を聞きたがる母を適当にいなし、自分の部屋に戻った。

一方で、レイノルズ男爵はがっくり肩を落とし歩道をとぼとぼ歩いていた。

あの美しく魅力的な女性を、楽しませることができなかった自分が不甲斐ない。夜会でひと目見たときから、とても好感を持っていたのに。

「あなた、レイノルズ男爵様ね？」

背後から、鈴を振るような可愛らしい女性の声がかけられる。

振り返ると、小柄だが目も覚めるようなブロンド美人が立っていた。

「あなたは？」

ブロンド美人は手にしていた日傘を畳むとつかつか近寄り、こちらの顔を覗き込むように視線を掬い上げる。

「私はケイト・ハリスンと言います。この間の夜会で、あなたがあののっぽのご令嬢にご執心なのを、拝見していましたのよ」

レイノルズ男爵は見張られていたようで、少しむっとする。

ケイトは張り付いたような笑顔を浮かべ、声を潜ませた。

「ねえ、協力しません？　あなたはあのご令嬢、私はあのご令嬢が付きまとっている男性が欲しい。お互い、意中の相手を手に入れましょうよ」

レイノルズ男爵は目を見張る。いつもの彼ならそんな話は一笑に付していたろうが、今は恋に頭がのぼせきっていた。

「――お話を詳しく伺おうか？」

ケイトがにっこりする。


フローラは自室のソファに腰を下ろして、ぼんやり考えていた。

デートの最中に終始上の空でいては、いかに優しいレイノルズ男爵でも腹を立てたろう。でも、なんだかほっとしている自分がいる。

レイノルズ男爵はいい人だと思うが、それ以上に心が動かない。

どうしたというのだろう。

あんなに結婚したくて、やっと婚活がうまくいきかけていたのに。ちっとも気持ちが浮き立たない。

理由はもうわかっていた。

ウィンザー侯爵のせいだ。

(わたし、いつの間にかあの方に恋してしまっていたんだわ。いいえ、もしかしたら、初めて出会った時から心奪われていたのかも……あんなに素敵な男性は、いくら婚活したって見つかりっこない)

フローラは唇を強く噛む。相手に結婚の意思がないのに、好きになってしまうなんて。でもほんとうは結婚とかはもうどうでもよくて、ただウィンザー侯爵と会いたい、話したい、彼の傍にいたい、それだけなのだ。

（どうしよう。こんな気持ちになってしまって……もう婚活なんてできやしない）

フローラが混乱した頭を抱えていると、部屋の扉を母が性急にノックした。

「フローラ、フローラ、ウィンザー侯爵様がおいでよ。急いで応接間にいらっしゃい、一刻も早くよ！」

驚いてがばっと起き上がった。

ウィンザー侯爵が何のご用だろう。今日のデートの詳細でも聞きにきたのだろうか。

母の後から応接室に入ると、ソファにウィンザー侯爵と初老の上品そうな婦人が座っていた。

「フローラ」

ウィンザー侯爵がすらりと立ち上がって近づいてくる。

彼はフローラの手を取ると、婦人の方に振り向く。

「母上、この人です。私が結婚の約束をしている女性は」

「えっ⁉」

フローラは思わず声を上げてしまう。

母もぽかんと目を丸くしている。

ウィンザー侯爵夫人は、じろじろとフローラの頭から足の先まで眺めた。そして、わずかに表情を緩める。

「まあ、とても美しい娘さんじゃないの」

フローラはうろたえる。

「こ、侯爵さま……っ、いったい……？」

ぎゅっとウィンザー侯爵が手を握り、しきりに目で合図してくる。今は黙っていてくれ、という意味らしい目配せに、フローラは仕方なく口を噤む。

ウィンザー侯爵はフローラの母に向かって実ににこやかな笑いを浮かべ、うやうやしく言う。

「ハワード夫人、ご挨拶が遅れましたが、私、クレメンス・ウィンザーは、おたくの娘さんをぜひ妻にいただきたいと思います」

呆気にとられていた母は、素早く体勢を立て直す。

「まあまあ！　侯爵様ほどの方は、うちの娘にはもったいないくらいですわ。もちろん我が家は、イエスですわ。ああ、お待ちくださいね。夫が帰宅してきたようですから、すぐにこちらに呼びましょう」

そう言うや否や、母はそそくさと応接間を出て行ったかと思うと、まだ外出着も脱いでいない父を引き摺るようにして連れてきた。廊下でかいつまんだ話を聞いたらしい父は、興奮気味で言う。

「ウィンザー侯爵殿、まことにありがたい話である」

父はがっしとウィンザー侯爵の肩を抱く。

「どうか、末長く娘を頼む」

とんでもない展開に、フローラはめまいがしてくる。

するとソファからウィンザー侯爵夫人が声をかけてきた。

「まあまあ皆様。ひと様のおうちで私が言うのもなんですけれど、どうぞお座りになって。そして、めでたいこの話を進めていきましょう」

「まあ、そうでしたわ。両家で相談しなければ」

母は父を促し、いそいそとウィンザー侯爵夫人の向かいのソファに一緒に座った。

呆然としていたフローラはウィンザー侯爵にいざなわれ、斜向(はすむ)かいのソファに機械的に腰を下ろした。

両親とウィンザー侯爵夫人は和気あいあいと、今後のことについて打ち合わせを始める。

「うちの息子は恥ずかしながらいい年な上に再婚ですので、婚約したらできるだけ早めに結婚の段取りを進めたいですわ」

「それは、こちらの娘も行き遅れ寸前の年ですから、めでたいことはどんどん進めましょう」

話の流れについていけないフローラは、隣に座っているウィンザー侯爵を救いを求めるように見上げた。

ウィンザー侯爵は咳払いしながら、ウィンザー侯爵夫人と両親に切り出す。

「私たちは、今後の段取りについてはすべて母上とフローラのご両親にお任せしようと思います。どうか宜しくお願いします」

彼は深く頭を下げると、すっと立ち上がる。

「よろしければ、フローラにおたくのお庭を案内してもらってよろしいでしょうか。私たちで、相談するべき今後のこともありますから」

両親は降ってわいた縁談話にすっかり舞い上がってしまったらしく、上機嫌でどうぞどうぞと言う。

「では、フローラ」

ウィンザー侯爵が手を掴んで、強引に応接室から連れ出した。

廊下から庭に面したバルコニーに出ると、フローラはやっと我に返りウィンザー侯爵を問い正した。

「い、いったい、どういうことなんですかっ？　侯爵さま、悪い冗談だったらやりすぎですっ、両親はすっかりその気になっていますよ！」

噛み付かんばかりフローラの剣幕に、ウィンザー侯爵が肩を竦める。

「いや、冗談でなく本気だ」

フローラはますます馬鹿にされているような気になる。

「嘘、侯爵さまは独身主義だっておっしゃったわ！」

「その通りだ。だが、周囲がそれを許してくれぬのだ」

「え？」

ウィンザー侯爵は初夏の花が咲き乱れた庭園に視線を巡らせながら、悩ましい声で言う。

「私の母を見たろう？　あのとおり、頑固で自分の思うままにことを運ぼうとする古いタイプの貴婦人だ。彼女はことあるごとに私に再婚を迫り、やたらと未婚女性と引き合わそうとする。ウィンザー家の跡継ぎが欲しいからね。それに――ウィンザー家の地位や財産目当ての女性たちが、払っても払ってもまとわりついてきて、うっとうしいことこの上ない。独身でいる限り、ずっとこの煩わしさに悩まされるのだ」

フローラは、彼ほどのいい男ならばそれも仕方ないだろうと思う。

「一方で、君は結婚したい」

「え、ええ――それはそうですけれど」

「だから、私は最上のやり方を選んだんだ」

ウィンザー侯爵はくるりとフローラを振り返り、ぎゅっと両手を握ってきた。

「私は君の人となりがすっかりわかっている。母のあてがう女性や財産目当てで寄ってくる得体の知れない女性で妥協するくらいなら、君の方が断然女として優れている。そして、君は君で二十歳までに結婚したい。初恋の彼より身分も地位も優れている男性と。そうだろう？」

フローラは彼の勢いに飲まれて目をパチパチさせた。

「そ、そうですけれど……」

ウィンザー侯爵が大きくうなずく。

「では、私たちが結婚してもなにも問題ないだろう。君も私も周囲の煩わしさから解放され、互いに得るものばかりで、まさに最善の関係と言える。いわば、合理的結婚、と言ったところだ」

フローラは瞬き(まばた)もせずウィンザー侯爵をじっと見つめた。

(合理的なんて、そんな、取引きみたいな結婚なんて……)

でも、婚活で結婚するのも、取引きみたいなものかもしれない。ほんとうの自分を偽って、おしとやかな淑女のフリをして、より良い条件の男性を手にいれようとするのだから。

(侯爵さまは先進的な方だから、こういう結婚もありなのだろう)

内心は甘いロマンチックな恋愛とプロポーズを夢見ていたフローラは、少しだけ侘しい。

でもそれでもかまわない、と思う。

だって、ウィンザー侯爵のことが大好きだ。恋している。

ウィンザー侯爵みたいな男性と結婚したいと切望していた。その当人と結婚できるのだ。こんな夢みたいな話があるだろうか。

ウィンザー侯爵の方はフローラに恋愛感情などないのだろうけれど、好ましいと思っていてくれるのはわかる。それだけで十分だ。

フローラは顔を上げ、できるだけ明るくサバサバした表情で答えた。

「なるほど、合理的、ですね」

ウィンザー侯爵が少しだけ複雑な表情になったが、すぐに明るく返してくる。

「そういうことだ」

フローラは大きくうなずいた。

「わかりました。結婚しましょう」

ぱあっとウィンザー侯爵が満面の笑みになる。

「そうか！　了解してくれたか！」

フローラはわざと冗談めかして言った。

「まさに、ナイスタイミングです。実は私、さっき婚活の相手の方から、ふられてしまったんです」

「え？」

ウィンザー侯爵が顔を強張らせた。

フローラはあくまで明るく言う。

「ですからもう、侯爵さまにおすがりするしかありません。文字通り侯爵さまは救いの神さまですわ」

ウィンザー侯爵はなにかせつなそうに目を眇めた。

「そうか――救いの神か。それも、一興だ」

そうつぶやくと、彼はぎゅっと抱きしめてきた。

広くたくましい胸に抱かれ、フローラは身体中が熱くなる。

初めて出会った時、この胸に飛び込んだ。あの時、自分の運命は決まっていたのだ。

結婚を承諾した時、ウィンザー侯爵がほんとうに嬉しげに笑うから、つい誤解しそうになった。

（だめだめ、うぬぼれては。侯爵さまはわたしのことを愛しているわけではないのだから……）

それでも、彼の少し速い脈動を感じると胸が甘くきゅんきゅんして、これでいいんだと強く自分に言い聞かせた。

やがて腕を緩めたウィンザー侯爵は、フローラの肩を抱いて撫で下ろす。

「では、明日にでも私の屋敷に移っておいで」

フローラは目を丸くする。

「えっ、そんなに早く？」

「いずれ同居するのだ。なら、早く我が家に慣れてもらう方が合理的だ。私の休暇がまだ十日ほど残っているから、その間に屋敷のことを全部君に教えておこうと思う。君の気が変わらないうちにね」

フローラはぶんぶんと首を横に振る。

「気なんか変わりません！」

「そうかな？　女心と秋の空と言うからね。君が他の男ともう結婚できないような既成事実を早く作ってしまいたいんだ」

「き、既成事実……？」

ぽかんとしているフローラを、ウィンザー侯爵は再び強く抱きしめた。

「例えばね――」

ウィンザー侯爵はフローラの手を握り、さらに庭の奥へ向かう。奥庭のひと気のない林まで辿り着くと、彼は大きな木の下にフローラを立たせた。そして、両手で囲むように木の幹に両手をついた。

「あ……」

彼の目が狩人(かりゅうど)みたいに鋭く光ったように思えた。熱を帯びた青い目に魅了されて、身動きできない。

ウィンザー侯爵の美麗な顔が迫ってきても、避けることを忘れてしまう。口づけされる寸前、観念して目を閉じた。唇が重なる。

「ん……ふ……」

ウィンザー侯爵の舌が強引に唇を割ってきた。いつもの労わるみたいな口づけとは違う。素早く舌を絡め取られ、思い切り吸い上げられた瞬間、理性が吹っ飛んでしまった。

「あ……ふぁ、あ……」

ウィンザー侯爵は身体全体を木に押し付けて、フローラの身動きをできなくさせた。そして獰猛(どうもう)に口腔を貪られてしまう。

「……んんっ、ん、は、はぁ……っ」

熱く滑らかな舌がもたらす甘美な快楽に、あっと言う間に溺れてしまう。

妖しい媚薬(びやく)でも盛られたみたいに、手足に力が入らず、思わずウィンザー侯爵の上着にしがみ付いた。

「は、ふぁ、あ、んんんっ」

喉奥まで分厚い舌が押し入り、痛いほど舌の付け根を嚙まれる。心身があっという間に熱く昂(たかぶ)り、官能の興奮が急激に迫り上がってきた。

今までのウィンザー侯爵は、淫らな欲望を制御していたのだと理解する。

「や……ん、んんぅ、あ、あふぁあぁ」

息が詰まり四肢が震え、子宮の奥の方がきゅうっと痺れた。ぬるぬると濡れた舌が絡み合う感触に、背中がぞくりと慄(おのの)く。

深い口づけを仕掛けながら、ウィンザー侯爵の手が服の上から乳房を揉(も)んでくる。

「く……うぅん……っ」

服布越しに探り当てられた乳首をしなやかな指先がきゅっと摘むと、甘い疼きが身体の中心を駆け抜けた。びくりと背中が引き攣る。

「……は、だ、め……ぁ、ふぁあ……ん」

ウィンザー侯爵が指の腹で硬く尖った乳首を擦るたび、下腹部の中心が恥ずかしいほど疼いてしまう。

なにかが蕩けて溢れてくるようなせつない感覚でいっぱいになる。

ようよう唇を離したウィンザー侯爵は、ぺろりとフローラの濡れた唇を舐め取り、掠れた声でささやく。

「――感じてしまった？　その濡れた黒曜石の瞳で見つめられたら、おかしくなりそうだよ」

「や……わたし……感じてなんか……ひ？　ああっ？」

息も絶え絶えで反論しようとしたが、服地を押し上げた乳首をいきなりクッと甘噛みされて、艶かしい悲鳴を上げてしまう。

「ふ――痛かった？　今度は優しくしてあげよう」

鈍い痛みに痺れる先端を、今度は濡れた舌がクリクリと捏ねくり回してきた。

「ひあっ、あ、や、だめ……舐めちゃ……っ」

鋭敏になった乳嘴からジンジンと甘苦しい疼きが湧き上がり、下腹部の奥を直撃する。

「やめ……て、あ、ぁあ、や……ぁあ」

太腿の狭間の媚肉がきゅうっと痺れて収縮をする。

深い口づけと敏感な乳首への刺激で、今や全身が熱く疼いてしまっている。

こんな感覚、知らない。

ウィンザー侯爵は唾液でぺったり張り付いた服地ごと、左右の乳首を交互に舐めたり噛んだりする。そのたび、下腹部がひくりと戦慄き、身体がひどく焦れてしまい、もっと舐めて欲しいような触って欲しいような卑猥な欲求がフローラを責め苛む。

「……はぁ、あ、やめ……侯爵さま、しないで、もう……あっ、あぁ」

刺激をねだるみたいに腰がいやらしくくねるのを止められない。

めまいがするほど身体が熱く燃え上がり、恥ずかしい部分のひくつきが止まらない。

だがウィンザー侯爵は、ひりつく乳首を深く咥え込み、ちゅっと音を立てて吸い上げたり、ぬるぬる舌で捏ねくり回すのをやめてくれない。

「だめ、なの……もう、しないで、あ、へんに……へんな……感じに……」

「どこが？　ここがかね？」

乳首への攻めを止めないまま、ウィンザー侯爵の片手がフローラのスカートを捲り上げ、太腿をさわっと撫で上げてきた。

「あ、ああっ？」

ドロワーズに包まれた秘部に男らしい手が接近すると、淫らな期待に身体の芯がぶるりと震えた。

「濡れてきた？」

くぐもった声でそうささやかれ、理解いかないままふるふると頭を振り、ウィンザー侯爵の指から逃れようと腰を引こうとした。

しかしウィンザー侯爵と木の幹に挟まれているので、わずかに腰がくねる程度だった。彼の指が、ドロワーズの裂け目からそろりとフローラの秘部に触れてきた。

「あっ、きゃあっ」

男の指がぬるりと滑る感触に、驚いて腰が跳ねた。

「ああ、いっぱい濡らして――いけない子だね」

ウィンザー侯爵の指が、慎ましく閉じた陰唇を開くみたいに指で撫でた。

とろりとなにかが溢れる感じがした。そして、媚肉が恥ずかしいくらいジンジンと甘く飢えて疼く。でも、自分で認めたくなくて、必死で力の抜けた両手でウィンザー侯爵の身体を押しやろうとした。

「だめ、そんなところ、触らないで……いや、だめ、そんなの……」

だが武骨な男らしい指は、ぬるりと蜜口の浅瀬に侵入してくる。

「あ、あぁぁっ」

自分でも触れたこともない部分に押し込まれるひんやりした指の生々しい感触に、頭がくら

くらした。そして、熱く疼き上がった媚肉は、嫌がるどころか悦んで彼の指をきゅうっと締め付けてしまう。

「きついね――でも、熱く私の指を包み込んでくる」

ウィンザー侯爵は割れ目に沿ってぬるぬると指を上下させた。

「んんぅ、あ、や……は、はぁ、は……ぁ」

ぞわぞわと悪寒みたいな震えが走る。

胸を舐めないで、恥ずかしい部分を擦らないで。

おかしくなる。

恥ずかしいのに、もっとして欲しいような淫らな欲求が止められない。

密やかな部分をいじられているのに、未知の快感が生まれてきて、それが心地よすぎて拒めない。

「だめ、やめて、こんなこと、いけない……です」

目尻に快楽の涙が滲(にじ)んで視界がぼやける。

「いけなくないよ。私たちは夫婦になるのだろう？　口づけのその先を、少しだけ教えてあげよう」

悩ましい声がしたかと思うと、媚肉の浅瀬を撫で回していた指が、割れ目の上の方をまさぐり、そこに佇む小さな突起にぬるっと触れた。

「あきゃっ、あ、あぁぁっ」

瞬間、雷にでも打たれたみたいな快感の衝撃が身体を走り、フローラは腰を大きく跳ね上げた。

「あ、あぁ、あ、あ、あぁ？」

溢れた蜜で濡れた指先が、突起をゆっくりと撫でると、びりびりと痺れる喜悦が何度も背中から脳芯まで走り抜ける。

「気持ちいいだろう？　君の身体の中で、一番感じやすい可愛い部分だよ」

言いながら、ウィンザー侯爵はその部分をこそぐみたいに抉ったり、円を描いて優しく撫で回したりを繰り返す。

「はぁ、あ、や、あぁ、あぁ、ん、んんぅ……」

得も言われぬ快感に、フローラは唇を半開きにして喘ぎ、内腿をがくがくと震わせた。

激しい愉悦で頭の中が真っ白になり、足が頽れそうだ。

膣壁がはっきり自覚できるほどうごめき、熱い蜜をとろとろ吐き出す。

「……あぁ、ん、や、あぁ、だめ、そんなにしちゃ……あ、あぁぁっ」

触れられてさらに膨れてきた秘玉の包皮が指先で剥かれ、剥き出しになった官能の塊をじかに撫で回され、目の前でばちばちと愉悦の火花が散った。

もはやはしたない蜜は後から後から溢れてきて、ウィンザー侯爵の指ばかりか自分の股間まで淫らにぐっしょりと濡らしている。

そして媚肉の奥の濡れ襞が、なにかを締め付けたい欲求に襲われ、きゅうきゅうと収縮を繰り返す。

「は、あぁ、おかしくなって……やぁ、もうやめて……っ」

これ以上の快楽を知ったらどうなるか自分でわからない。

愉悦と羞恥の狭間で、混乱し我を失う。

「おかしくなっていい——達(い)ってしまいなさい、さあ」

乳首を舐めまわしていたウィンザー侯爵は、色っぽい声とともに熱い息をフローラの耳孔に吹き込んだ。そして、ひりひり疼き上がった秘玉を指の腹で軽く押さえ、小刻みに揺さぶり出した。

「はあっ、あ、あぁ、だめ、こんなの……んんぅっ」

悦くてたまらない。

強い尿意にも似た快楽が、じわじわ下肢から迫り上がってくる。

「ああ、しないで、ああ、だめ、は、はぁ、あ、や、ああぁ……」

もう我慢できない。

耐えきれない快感に早く終わらせて欲しくて、ねだるみたいに腰が揺れた。

濡れそぼった媚肉がきゅんきゅん収斂(しゅうれん)し、つーんと深い快感が子宮の奥まで襲った。

「はぁあ、あ、あぁ、あぁあ――っ……っ」

全身が強張り、爪先までぴーんと力が籠った。

次の瞬間、何かの限界に達して頭の中が無になった。息が詰まる。

腰が無意識にびくんびくんと痙攣する。

「……は、はぁ……ぁ、ぁ……」

やがて、一気に身体中の力が抜けた。

忙しなく呼吸を開始すると同時に、ぐったりとウィンザー侯爵に身を預けた。

まだ身体の奥がひくひく戦慄いてる。

「――気持ちよかったかい？」

ウィンザー侯爵は汗ばんだフローラの身体を優しく抱きかかえ、艶やかな黒髪をあやすみたいに撫でてくれる。

「……恥ずかしい……こんな、わたし……」

はしたなく喘いでしまったことが急に猛烈に恥ずかしくなり、ウィンザー侯爵の胸に強く顔を押し付けた。

「もう、知ってもいいんだ。君はもう、大人になるんだから――」

フローラの髪に顔を埋め、ウィンザー侯爵が低い声でささやく。直に頭に響いてくるその艶めいた声に、下腹部の奥がまたきゅんと疼いた。

「大丈夫、今まで通り私を信じてくれ。きっとうまくいく」
いつもの落ち着いたウィンザー侯爵の言葉に、こくんとうなずく。
そうだ、きっと大丈夫。
いつだってウィンザー侯爵は大人で、フローラを正しく導いてくれた。
結婚するんだ。
密かに恋する人と、結婚する。
嬉しいのに少しだけせつない。
これからどうなるのだろう。
まだ官能の余韻に酩酊しながら、フローラはウィンザー侯爵の腕の中で小さく震えた。

第四章　合理的新婚生活のトキメキ

翌日のハワード家は早朝から、家族も使用人たちも総出で、フローラの引っ越しの準備に大わらわだった。

ウィンザー侯爵は自分の方でフローラのためのものはすべて用意するので、身一つで嫁いで来いと言う。

少し変則的ではあるが、先に同居を始めてしまい、来年早々と決めた結婚式の準備はおいおいすればよいと。

両親は法的にきちんと結婚するということで、同居を認めてくれた。というか、もうこのチャンスを逃したら、フローラは行き遅れてしまうかもしれないと心配した両親は、むしろ既成事実は大歓迎という感じであった。

だがさすがに、輿入れ支度をなにもしないわけにもいかない。

フローラの馴染みの家具や道具をまとめ、気のおけない侍女たちも数人お供につけることにした。

当のフローラといえば、まだ自分がほんとうに結婚するのだという実感が湧かなくて、ぼうっと椅子に座り込んでいた。

そこへ侍女がやってきて、声を潜めて話しかけた。

「お嬢様、あの――デビー・レイノルズ男爵と申す殿方が、どうしてもお会いしたいと。お嬢様は今日お輿入れされるのでお忙しいと断ったのですが、どうしてもと、お帰りにならなくて――」

「レイノルズ男爵さまが？」

先日自分をふった男なのに、今さら何の用事だろう。

フローラは周囲の人たちに気付かれぬよう、何気ない顔で階下の応接間に下りて行った。

フローラが現れると、レイノルズ男爵は弾かれたようにソファから立ち上がった。

「御令嬢、突然あなたがご結婚なさると聞いて、飛んできたんです」

レイノルズ男爵の顔は青ざめていた。

「なぜ突然に？　しかも相手は、あのウィンザー侯爵だというではないですか？」

フローラはどうして彼が怒ったような顔をしているのかわからない。

「その通りよ。でも、わたし、行き遅れていたんだもの。結婚してくださるお相手なら、喜んで嫁ごうと……」

「僕は、あなたが好きで、結婚したかったんです！」

フローラはぽかんとレイノルズ男爵の顔を見た。

「だって、あなたがもうおつきあいできないって……」

「それは——あなたが、僕のことを好いてはいないと感じたからだ」

フローラは顔を赤らめた。あの時の、心ここに在らずといった自分の態度を恥じた。

「ごめんなさい……わたし」

レイノルズ男爵は表情を強張らせる。

「僕は、社交界の情報通の人に、ウィンザー侯爵の過去について聞いてきたんだ。その過去のことを、あなたが承知で彼と結婚するのか知りたい」

「えっ、過去……？」

目を丸くしたフローラに、レイノルズ男爵はやっぱりという表情をした。

「彼は十年間に離婚しているね。それは、彼が結婚が決まっても、他の女性と浮気をしていたせいだという。相手の女性はショックで、結婚式当日に逃げ出してしまったそうだ」

「⁉」

フローラは衝撃を受けて声を失う。

ウィンザー侯爵が離婚しているのは知っているが、その理由までは聞いていない。彼が口にしないので、フローラも敢えて聞き正そうとはしなかった。

なんとなく、ウィンザー侯爵が離婚については触れられたくないようなので。

けれどまさか、そんな理由なんて――。

「ウィンザー侯爵が今まで再婚しなかったのは、独身貴族で女遊びを楽しみたかったからだというよ。そんな浮ついた男のもとに、君は嫁ごうというのかい？」

フローラは鉛でも呑んだみたいに、胃の奥が重苦しくなる。

唇が震える。

「でも……でも、侯爵さまはわたしとはちゃんと結婚届けを出して、正式に結婚しようって……」

「それは、純情で無垢な君が物珍しいから独占したいだけじゃないのかな？　もしかしたら、あの人は大公の側近でも出世頭だから、世間体のために結婚する必要に迫られたのかもしれない。結婚しても、彼が他の女性と遊ばないという意味ではないだろう？」

フローラは脈動がばくばくと速まってくる。

確かに、ウブな行き遅れの小娘をもてあそぶことなど、大人のウィンザー侯爵には容易いことだったろう。

事実、フローラは彼と擬似デートをするたびに有頂天になっていた。

そして、いつの間にか深い恋心すら抱いて――。

うつむいてしまったフローラに、レイノルズ男爵が言い募る。

「今からでも遅くはないのだよ。ちゃんと自分の未来を考えて」

「わたしの未来……」

わからない。未来なんてわからない。

わかるのは、今ウィンザー侯爵が恋しくて恋しくて、ずっと一緒にいたい、そのせつない感情だけだ。

「……でもわたし、あの方をお慕いしてます。この気持ちだけは、確かです……！」

掠れた声だが、きっぱりと言った。

レイノルズ男爵は眉を顰めたが、フローラの断固とした意思を感じたようで、それ以上は追求してこなかった。彼はため息をついて立ち上がる。

「わかったよ。いきなり来て、悪かったね。でも、僕が君のことを好きなのは本当だ。何かあったら、力になるからね」

そう言いおくと、フローラを残して部屋を出て行った。

フローラは呆然と椅子に座り込んでいた。

さっきまでのウキウキした気持ちはすっかり消え失せ、陰々滅々とした暗い疑惑や悲しみが心を支配する。

でも、自分にウィンザー侯爵を責められようか。

行き遅れが嫌で、いい条件の結婚相手を探して婚活に励んでいたではないか。

内心はウィンザー侯爵を慕っていたのに、その気持ちに蓋をして他の男性と出会いやデートを重ねていたではないか。

ウィンザー侯爵から互いの利益優先の合理的結婚を申し込まれて、あさましく嬉々として飛びついてしまったではないか。

(偽りでも擬似でもいい……それでも侯爵さまが好き、好きなんだもの)

「フローラ、そろそろあちらからのお迎えの馬車が来る時間ですよ。お支度はできているの?」

廊下から母の声がした。

フローラは顔を上げ、深呼吸をひとつする。

「今行きます。お母さま」

努めて明るい声を出そうとした。


「わあ……立派なお屋敷」

馬車の窓から顔をのぞかせたフローラは、思わず感嘆の声を上げる。

ウィンザー侯爵からの迎えの馬車で、首都の高級住宅街にある彼の屋敷に到着した。

首都でもここらは一等地だと聞くのに、細かい装飾を施された錬鉄の門の向こうに見える屋敷は広大であった。馬車が門をくぐると、ちょっとクラシカルだが豪壮な城郭建築の建物がは

っきり見えてきた、
見上げるような正面玄関の大きな階段前には、グレイのスーツ姿のウィンザー侯爵が行きつ戻りつして到着を待っている。階段の左右には立派なお仕着せに身を包んだ使用人たちが五十人以上もずらりと整列していた。

馬車が止まるや否や、外からウィンザー侯爵が扉を開ける。

「ようこそ、我が屋敷へ！　フローラ、待ちかねていたよ！」

少しはしゃいだような声を出すウィンザー侯爵の端整な顔を見ると、馬車の中でレイノルズ男爵に言われたことを鬱々と考えていたフローラは、なにもかもどうでもよくなってしまう。

この美麗な笑顔を間近で見られるなんて、何て幸せだろう。

「お、お世話になります」

緊張で口ごもってしまう。

ウィンザー侯爵に手を取られて馬車を下りると、使用人たちが一斉に頭を下げて挨拶した。

「ようこそ、奥様」

「お、奥さま……っ」

生まれて初めての呼ばれ方に、頭に血が上った。

どの使用人たちもにこにこしていて、フローラを歓迎しているようだ。

使用人たちの中で最前列にいた老執事が、うやうやしく言う。

「我ら使用人一同を代表し、執事頭の私ウィルがご挨拶申し上げます」

「は、はい、よろしく、ウィルさん」

ウィンザー侯爵が少し苛立(いらだ)たしげに口を挟む。

「堅苦しい挨拶は、後でいい。フローラ、まずは私たちの部屋と屋敷の中を案内してあげよう」

彼が腕を差し出したので、恥じらいながらも自分の腕を絡めた。

玄関階段を上がって、吹き抜けになって聖堂みたいに荘厳な玄関ホールに入ると、ウィンザー侯爵夫人が待ち受けていた。彼女もまた満面の笑みである。

「ああ、フローラさん、よく来てくださったわ！　我が家にこんなめでたい日が来るなんて、もう私は嬉しくて嬉しくて――」

古風で頑固だとウィンザー侯爵から聞いていて、少しだけ警戒していたのだが、ウィンザー侯爵夫人は目に感激の涙すら浮かべ、フローラの両手を強く握った。

「どうか、うちの息子をよろしくお願いしますわね」

フローラはなんだか自分まで涙が浮かんできてしまう。

「こちらこそ、なにもわからない未熟者ですから、どうかいろいろご指導願います。お、お義母(かあ)さま」

いきなりお義母さまと言っては、少し馴れ馴れしかったかしらと反省するが、ウィンザー侯爵夫人はハンカチで顔を覆って嬉し泣きする。

「ああ、お嫁さんからそう呼ばれる日を、どんなに待ち焦がれていたことでしょう」

ウィンザー侯爵が少し辟易した顔になる。

「母上、フローラは到着したばかりで疲れています。積もる話はまた晩餐の時にでも――」

ウィンザー侯爵夫人はなんどもうなずいた。

「ごめんなさい、そうだったわね。じゃ、フローラさん、また後でね」

ウィンザー侯爵夫人が去っていくと、ウィンザー侯爵は軽くため息をつく。

「まったく、君は母の義理の娘である前に、私の妻なんだから。すぐなんでも独り占めしたがるからな、母上は」

その口調が、大事なおもちゃを取り上げられた男の子みたいに不貞くれさているので、フローラは思わずくすりと笑いをこぼしてしまう。

「さあおいで。二階の一番日当たりのいい客室を、私たちの新しい部屋に急遽模様替えさせたんだよ、君のお気に召すといいのだが」

深紅の柔らかな絨毯を敷き詰めた中央階段を上がり、廊下の南端にある部屋に案内された。

途中の廊下には、古今東西の名画や彫刻がたくさん飾られていて、ちょっとした美術館のようだ。

「さあ、ここだ」

ウィンザー侯爵がもったいぶった素振りで部屋の扉を開く。

控えの間を抜け、応接室に出る。

「まあ……！」

フローラは息を呑んでしまう。

まるで高級ホテルみたいな部屋だ。

蔓草の文様が捺されたオフホワイトの壁紙。天窓のある高い天井から下がる見事なクリスタルのシャンデリア。大理石の大きな暖炉。手入れの行き届いた黒檀製の高級家具類。

フローラの家も決して貧しいわけではないが、この屋敷に比べたら天地ほどにも差がある。

改めて、由緒あるウィンザー侯爵家の財力の凄さを思い知らされる。

そして、こんな立派なお屋敷の女主人として、はたしてやっていけるのだろうかと、少し不安になる。

けれど、そんなフローラの気持ちなどお構いなく、ウィンザー侯爵は次々に部屋の中を案内していく。

「浴室は最新式のお湯の出るシャワーを取り付けてあるんだ。ボイラー係に指示しておけば、いつでも熱い湯に浸かれるよ」

「ここはクローゼットだ。向かって右の扉が私用、左のが君だ。一応こちらで急遽買い集めたドレスや帽子、下着類などで埋めてあるが、執事長のウィルに頼めば、君の好きな服をいくらでも注文できるからね」

　そして、最後に寝室に案内された。

　深青の天鵞絨のカーテンを下げた部屋は海の底にいるみたいに落ち着いていて、部屋の奥に孔雀の羽で飾られた天蓋付きの大きな四柱式のベッドがある。

「わあ、こんな大きなベッド、見たことありません」

　フローラが思わず声を上げると、ウィンザー侯爵は事もなげに言う。

「二人用だからね」

　あっ、と気がつき顔が赤くなるのを止められない。

　今夜からここでウィンザー侯爵と二人で休むことになるのか。

　ひとりでもじもじしていると、ベッドの端に腰を下ろしたウィンザー侯爵が手招きした。

「フローラ、こちらへおいで」

「はい……」

　少し緊張して近づくと、ウィンザー侯爵はベッドヘッドの上を指差した。

「見てごらん」

「あっ……フレデリック・オーエン！」

　そこには美術館のものよりは小さいが、正真正銘のフレデリック・オーエンの夕陽の絵が飾ってあったのだ。

「君と私が一番好きな絵だ。同じモチーフで描いたものを手に入れてあったんだ」

「ああ、綺麗……」

フローラは感動に胸が熱くなる。

「これからは、こうして毎日君とこの絵を眺められるんだ」

「わたしと……」

胸がきゅんきゅん甘く疼く。

「おいで」

ウィンザー侯爵が両手を差し出したので、思わずその腕の中に飛び込んだ。

「ああ侯爵さま――」

背中を抱き寄せたウィンザー侯爵は、フローラの耳元で低くささやく。

「クレメンス、と呼んでくれ。今日から君の夫なのだから」

頬が熱を帯びてくる。彼の胸に顔を埋め、おずおずと小声で言う。

「ク、クレメンス、さま……」

ぎゅっとクレメンスの腕に力が篭(こも)った。

「もう一度――」

少し声を張る
「クレメンスさま」

「もう一度」

今度ははっきりと声にする。

「クレメンスさま」

名前を呼ぶごとに、ああこの人の妻になるんだ、と実感が深まる。

「フローラ――」

クレメンスの指が顎にかかり、上向かせる。そのまましっとりと唇が重なった。

「ん……ふ……」

彼の舌先が唇を撫で、それが合図みたいに自ら唇を開いて受け入れる。

「んん、ん、んぅ……」

舌が絡み、くちゅくちゅとくぐもった音を立てて互いの口腔を味わう。

甘い。クレメンスとの口づけは、なんて甘美で心地好いのだろう。

舌の付け根を甘噛みされると、喉奥がひくりと震えて全身から力がみるみる抜けてしまう。

「……は、ふぁ……ぁん」

息継ぎもままならぬほど深い口づけを続けられ、頭がぽうっと逆上せてくる。必死にクレメンスの舌の動きに応じていると、いつしか彼が体重をかけてきて、もつれあうようにベッドの上に倒れこんだ。

そのまま覆い被さってきたクレメンスは、濡れた口づけをフローラの額や頬や唇に降らせてくる。

「あ……ぁ」

身体の奥から得体の知れない熱い衝動が湧き上がってくる。

「フローラ、フローラ」

掠れた色っぽい声で名前を呼びながら、クレメンスの手がドレスの胴衣の前リボンを解いていく。

「あっ、待って……待ってください」

クレメンスの性急な動きに、フローラは慌てて彼の手を押し戻そうとした。

「なぜ？　今日から夫婦になるのに？」

クレメンスは強引にリボンを解いてしまう。

「だ、だって、このお屋敷に来たばかりで、よく知りもしないのに……それに、こういうことは、あの、その、夜、するものでは……？」

クレメンスが薄く笑みを浮かべる。

「私たちはもう十分知り合っている。夫婦の営みに、時間制限などないよ、フローラ」

そう言いながら彼は緩めた胴着の胸元を、ぐっと引き下ろしてしまった。ふるんと、まろやかな乳房がこぼれ出た。

「あ、きゃあっ」

咄嗟に両手で胸を覆って隠そうとしたが、やんわりと両手首を掴まれ、左右にシーツの上に押し付けられてしまった。

「隠さないで——全部見せて」

子どもをあやすみたいな口調で言われ、顔を真っ赤にさせて目を閉じてしまう。

「綺麗だ。透き通るように色が白くて、薔薇の蕾（つぼみ）みたいな可愛い乳首だ」

クレメンスの視線を感じると、肌がぞわっと総毛立ち、触れられてもいないのに乳首がピンと硬く凝ってくる。

「や……あまり、見ないで……」

恥ずかしさとこれから起こるであろう未知の行為への恐怖で、声が震えてくる。

「いや、見せてくれ。こんなにも美しい君の素肌のすべてを」

クレメンスの声も微（かす）かに震えていて、彼もまた緊張しているのだろうか、と思う。

彼の唇が、頬、顎、首筋、鎖骨、そして乳房の膨らみへと、ゆっくり下りてくる。

口づけされた箇所からぽっぽっと火が点（とも）り、全身が灼（や）けつくように熱くなってくる。

クレメンスの硬くて高い鼻梁（びりょう）が乳房の狭間を撫で回すと、擽ったいのと甘く感じてしまうのとで、思わず身体がくねった。

「あ……ぁ」

クレメンスが左右の頂にちゅっちゅっと音を立てて口づけしてくる。それから片方の乳首を咥え込み、濡れた舌先でねっとりと舐め回した。

「あっ」

鋭い痺れがそこから下肢に走り、フローラはびくんと腰を浮かせてしまう。

以前、布地越しに乳首を舐められて心地好くなってしまった経験はあったが、直に舐められると、その刺激は何倍も強かった。

クレメンスは交互に乳首を含んでは、ぬるつく舌を絡ませてちゅっちゅっと吸い上げる。

「あ、あぁっ……あ、だめ、ぁ、そんなに……あぁ……ん」

はしたない鼻声が漏れてしまい、必死で抑えようとするが、ジンジン疼き上がった乳首に軽く歯を立てられると、甘い疼きが下腹部の奥を直撃し、媚肉がきゅうっとせつなくなる。

「やあ……あぁ、は、あぁ、も……しないで……はぁあ」

乳首を攻められるごとに、下腹部の奥がずきずき熱く脈打って、なにかたまらない気持ちになる。もじもじと太腿を擦り合わせて、はしたない疼きをやり過ごそうとしたが、かえって秘裂をさらに刺激し、官能の飢えをつのらせるだけだった。

乳房の狭間から顔を上げたクレメンスは、濡れた青い瞳で見上げてくる。

「もう悦くなってきた?」

吐息交じりのその声にすら、ぞくぞくしてたまらない。

「この間より、ずっと感じやすくなっているようだね」

クレメンスの片手が手首を離し、スカートをたくし上げてくる。

「あ――」

先日庭で秘所をいじられて、はしたなく濡れて感じ入ってしまったことを思い出し、それだけで秘玉がじわりと充血するのがわかる。

ドロワーズを引き下ろされ、ひんやりした男らしい手が太腿を滑るように撫で上げる。はっと両膝を閉じ合わせてそれ以上の侵入を阻もうとしたが、やすやす足を左右に開かされてしまった。すうっと股間に空気が入り込むのを感じ、恥ずかしさで体温がかあっと上がっていく。

クレメンスは両方の手で柔らかな内腿を押さえ込み、股間にゆっくりと顔を近づけてきた。

「きゃ、やだっ、見ないでそんなところ……っ」

自分でも見たこともない秘めやかな部分が、クレメンスの眼前にあからさまになっていると思うと、羞恥でクラクラと気が遠くなりそうだ。

「いや、見たい。君のすべてを見たいんだ」

甘い毒みたいな艶めいた声に、下肢から力が抜けて逆らう気持ちも失せてしまう。

顔を背けて、秘部に突き刺さるクレメンスの視線に耐えた。

「綺麗だ。ほころびかけた赤い薔薇の花のようだ。みずみずしく露をたたえて、震えている」

「や……言わないで、そんなこと……」

「花びらの奥から、新しい蜜がとろとろ溢れてきたよ。いやらしい甘酸っぱい匂いがしてきた」

「あ、ああ……やあ……っ」

フローラは両手で自分の顔を覆い、恥辱に耐える。

詩的な言葉で恥ずかしい部分を描写されると、なぜだか淫らな気持ちがどんどん昂ぶってくる気がした。まだ触れられてもいないのに、秘玉がはしたない期待にじりじり疼くのがわかる。

「ああ、花びらがひくひくしてきた。私に触れてほしいと誘っているね」

クレメンスの陶酔したような声が近づいてきたかと思うと、秘所に熱い息遣いを感じた。

「あっ」

次の瞬間、濡れた温かいものが媚肉に触れてきた。

「あ、ああっ？」

花弁の内側に、ぬるりとクレメンスの舌が入り込んできたのだ。

「そんな……の、やめて、あっ、あぁっ」

舌が割れ目に沿ってぬるぬる上下に動くと、疼いていたそこが快感に打ち震える。

恥ずかしい部分を舐められて心地好くなってしまうなんて——。

「だめぇ、きたないのに……そんなところ、舐めちゃ、あ、あぁ、あ」

ぴちゃぴちゃと妄りがましい音を立てて、クレメンスは蜜口の浅瀬を舌で掻き回す。

信じられない行為なのに、痺れるほど甘く感じ入ってしまい、はしたない鼻声を上げてしまう。

「なにもきたなくない。甘露が美味だ――君の身体は、どこもかしこも初々しい。なんて可愛いんだろうね」

クレメンスは両方の指で花弁をさらに押し広げた。

何もかも見られている。

「やだあ、見ないで、いやぁ、や、あぁ」

淫部の奥の奥まで暴かれて、恥辱で気が遠くなりそうだ。

なのに、媚肉はさらに熱く興奮して、溢れる愛蜜を止めることができない。

「そう言いながら、どんどん蜜が溢れてくる。ここも触れてほしくてこんなに大きく膨らんで――」

クレメンスは窄(すぼ)めた唇で花芽を咥え込み、ちゅうっと音を立てて吸い上げた。

「ひあっ？　あ、あぁあっっ」

一瞬、息が止まるほどの快感が背筋を駆け上り、フローラは腰を大きく跳ね上げた。

思わず逃げようとするフローラの腰を引きつけ、クレメンスはさらに花芯を吸い上げ、濡れた舌でぬめぬめと転がしてきた。

「あ、あぁ、あ、や……あぁ、だめ、あ、はあぁっ」

吸われるたびに腰がびくんびくんと浮き、耐えきれない愉悦が繰り返し襲ってくる。

てくる。

「可愛いね、感じている君の姿。とてもいやらしくて、美しくて、たまらないよ」

クレメンスは熱に浮かされたような声を出し、鋭敏な官能の塊の粒を舐め転がし、吸いたてくる。

「ひ、あ、だ、め……あぁ、はあ、んんぅ、んんんぁ、あぁ……っ」

腰から下が痺れて、もはや気持ちいいという感覚だけが支配する。

官能の嵐に巻き込まれ、どうしようもなくなり、いやいやと首を振り立てて、シーツに爪を立てて耐える。

「やめ……おかしく……あぁ、へんに……あ、は、はぁ、もう、だめ……っ」

目尻から感じ入った涙がポロポロ零れ、意識がどこかに飛んでいきそう。

もうやめて欲しいのに、隘路の奥が熱く焦れて、なにかそこに刺激が欲しくなる。もっと触れて欲しいような、何かで満たして欲しいような。

信じられない。自分の身体がこんなにもいやらしく、貪欲だったのかと初めて思い知る。

そのうち、せつなく耐えきれない愉悦がお尻のあたりからじわじわ這い上ってきた。

「やあ、クレメンスさま、もうしないで、なにか、ああなにか来る……来るんですっ」

官能の渦に意識を攫われそうな予感に、フローラは両手で必死になってクレメンスの頭を押しやろうとした。

だが、力の抜け切った両手は、ただ彼のさらさらしたブロンドを掻き回すのみ。

「我慢しなくていいのだよ。限界を超えてしまいそうなら、そう告げるんだ。達（い）く、と」

クレメンスが愛液の弾ける音に混じって、くぐもった声を出す。

「い、達く……？　そ、そう言えば、お、終わるの？」

フローラは息を乱して声を震わせる。

「も、達く、い、達きそう……お願い……クレメンスさま、もう……っ」

涙声で懇願すると、クレメンスのしなやかな指がゆっくりと隘路の中に押し入ってきた。

「あ、あぁ、指、挿（い）入れちゃ……あ、は、はぁあ」

狭い内壁を押し広げるみたいに、節高な長い指がぬるりと奥へ侵入してくる。無意識にその指を締め付けると、じわりと深い愉悦がそこからも生まれる。

「狭いね——少しでも広げておこうね。君が楽に私を受け入れられるようにね」

クレメンスは秘玉を舐め回しながら、指をゆっくりと出し入れする。

「んあぁ、あ、は、あぁ、あぁぁん……」

くちゅくちゅといやらしい水音が耳孔を犯してくる。

全身が燃え立つように熱くなり、花芽のもたらす鋭い喜悦と、指が与えてくる深い悦楽が同時にフローラを襲い、頭の中が真っ白になった。

そして、下肢から這い上ってきた大きな熱い波のような快感が、一気に大きくなってくる。

甘苦しい濃厚な感覚がどんどん押し寄せてくる。

同時に身体に強い強張りが生じ、爪先までぎゅうっと力が篭った。

「ああすごい締め付けだ。フローラ、このまま達ってしまうんだ」

いつの間にか挿入されている指が二本に増え、ぬちゅくちゅと抜き差しする速度が速められた。目の前にちかちかと喜悦の火花が散り、自分がはしたない嬌声を上げていることにも気がつかなかった。

「あ、あ、あぁ、だめぇ、あ、も……もう、あ、ああもう、い、達っちゃう、あ、達く……っ」

次の瞬間、全身がぴーんと緊張し、フローラは背中を仰け反らして息を詰めた。

何かの限界が訪れ、無意識に内腿が痙攣し、隘路がきゅんきゅんとクレメンスの指を締め付けた。

意識が飛ぶ。

「……はぁ、は、はぁあぁ……っ」

刹那、呼吸が戻り筋肉が突然弛緩した。

フローラはぐったりとシーツに身を沈めた。

同時に、クレメンスの指がぬるりと抜け出ていき、どっと愛液が吹きこぼれて秘所をしとどに濡らす。

「……あぁ、はぁ、あ、はぁ……」

激しい運動でもしたみたいに息が乱れ、全身に汗が噴き出す。

意識は朦朧とし、目を開けているのになにも見えていない。

そして、まだ膣壁が名残惜しげにヒクついている。

クレメンスがゆっくり身を起こし、汗で額に張り付いた前髪を掻き寄せ、そこに優しく口づけしてくる。そのまま目尻に溜まった絶頂の名残の涙を唇で受け、火照った頬にも口づけの雨を降らしてくる。

「素敵だったよ——官能に乱れた君の姿——なにもかも初々しくて、なのに妄りがましくて、最高だったよ」

「クレメンスさま……」

徐々に絶頂の波が引いていくと、欲望のままに乱れた自分が恥ずかしくてならない。

まともにクレメンスの顔を見られない。

両手で顔を覆って、声を震わせる。

「やだ……こんなの、恥ずかしい……」

クレメンスがあやすように髪を撫でる。

「なにも恥ずかしくないよ——だってもっと恥ずかしいことを、今夜、するんだから」

そう言われ、はっと両手を顔から離す。

今夜——。

彼はきちんと最後まで夫婦の交わりを行うと言っているのだ。

こんなにもいやらしく気持ちよくされたのに、まだ先があるのか。

フローラの気持ちを察したように、クレメンスがうなずく。

「そうだよ。今度は私自身を、君の中に受け入れてもらうんだ」

「……」

もはや想像もつかない。

指とは違うなにかを。クレメンスの性器——欲望を、受け入れる。

頭がクラクラした。

でも、もう怖いとは思わなかった。

きっとクレメンスとなら、大丈夫、と思えた。

こうやって、フローラを徐々に本番に導こうと、段階を踏んでくれるクレメンスは、とても思い遣り深いと思った。

ここに来る直前にレイノルズ男爵に告げられたことは、胸の深い部分に鋭い棘のように刺さったままだったが、今は考えないようにした。

晩餐の時間になり、実家から引き連れてきた侍女たちに夜用のドレスへの着替えを手伝ってもらい、クレメンスに腕を取られて食堂に向かった。

廊下を進みながら、クレメンスが注意をする。

「晩餐はいつも母と一緒に摂(と)っている。母は口うるさいタイプだから食事中あれこれ言うかもしれないが、あまり気にしないでくれ」

フローラは微笑む。

「私の母も似たようなものです。母親ってどこでも、お小言が好きなんですね。よく噛んで食べるんですよ、とか、ほら野菜をきちんと食べなさい、とか、コーヒーのお砂糖は二杯までですよ、とか」

クレメンスがなるほどとうなずく。

「ふむ、その通りだな。『母親』という別種類の生き物が存在するようだ」

二人は顔を見合わせて笑う。

広い食堂の清潔なテーブルクロスをかけた長いテーブルの一番向こうの席には、ウィンザー侯爵夫人がすでに座って待ち受けている。

クレメンスに椅子を引いてもらい、ウィンザー侯爵夫人の斜向かいに座る。クレメンスはウィンザー侯爵夫人側のテーブルに着いた。

食事はフローラが嫁いできたことを歓迎する意味なのか、とても豪勢なメニューだった。だがフローラはそれを味わう暇もない。

ウィンザー侯爵夫人は食事の間、フローラに根掘り葉掘り尋ねてくるからだ。

ハワード家の家系や財産についてから、なぜその歳まで結婚しなかったのか、姉妹に病気を持っている者はいないか、先に結婚した姉妹に子どもができているか、などかなり突っ込んだ質問を次々投げかけられ、フローラは冷や汗もので、できるだけ誠実に答えた。

クレメンスが見かねたように軽く咳払いし、ウィンザー侯爵夫人の話の腰を折る。

「母上、フローラに少しは食事をさせて上げてください」

するとウィンザー侯爵夫人がじろりとクレメンスの皿の上に目をやり、ぴしりと言う。

「クレメンス、野菜は全部食べるのですよ」

クレメンスがちらっとフローラに目配せしてくる。

フローラは思わずくすりと笑いそうになり、慌てて自分の皿に集中するふりをした。

デザートの後のコーヒーになると、ウィンザー侯爵夫人はまたクレメンスに注意する。

「クレメンス、お砂糖は二杯までですよ。甘いものの摂りすぎは虫歯の元ですからね」

もはやフローラは耐え切れず、ぷっと吹き出してしまう。同時にクレメンスも失笑した。

ウィンザー侯爵夫人は眉を顰める。

「何が可笑(おか)しいのです？」

彼女は二人がくっくっと肩を震わせているのを呆れた様子で眺めた。

だが、すぐにウィンザー侯爵夫人は独り合点する。

「なるほど、あなたたちが気が合っていることは、ようくわかりました。この結婚は正解のようね——ついては、私は明日からしばらく、隣街の姉夫婦の屋敷に身を寄せようと思います」

クレメンスが驚いたように顔をウィンザー侯爵夫人を見る。

「母上、そのような話は聞いておりませんが」

ウィンザー侯爵夫人は厳しく答える。

「当然です。今、決めたのですから」

彼女は意味ありげな目線をクレメンスに送った。

「あなたは、残りの休暇の時間を全部、フローラさんに捧げなさい。口うるさい姑がいない方が、ゆっくり過ごせるでしょう？　この際、お目出度は早ければ早いほど、いいのだからね」

クレメンスがぱっと目元を赤く染めた。

「は、母上っ」

「ほほほ、この私だって、そんな堅物ではありませんよ、ねえ、フローラさん」

いきなりこちらに話を振られ、なんのことやらさっぱりわからないフローラは、ただうなずくばかりだった。クレメンスはやたら咳払いして赤面している。

晩餐を済ませ、夫婦の部屋に一緒に戻った。

ジャケットを脱いで無造作にそれを椅子に放り投げながら、クレメンスがさりげなく言う。

「侍女が浴槽に湯を張っておいたそうだ。一緒に湯浴みするかね？」

フローラはどきんと心臓が跳ね上がった。

「い、いいえ、いいえ。ど、どうぞクレメンスさま、お先にっ……」

異性と風呂に入るなど、考えられない。昼間、半裸状態をクレメンスに見られただけでも、羞恥で死にそうだったのに。

口ごもりながら首をぶんぶん振ると、クレメンスが薄く微笑む。

「まあ初日だから、無理強いはしない——では、君が先に使いなさい。そして、寝室で待っておいで」

「は……い。では、お言葉に甘えて」

脈動が速まってきた。背中にクレメンスの視線を意識しながら、浴室に向かう。

白い大理石造りの浴室は普通の部屋くらいある広さで、清潔で明るかった。

全裸になり、薄いガウンを羽織って浴室に入る。

浴室の床は美しいタイルで、大人二人でも入れそうなほど大きい猫脚の浴槽はピカピカの金張りだ。そこにたっぷり張った湯には、赤い薔薇の花びらが無数に浮かべられ馥郁（ふくいく）たる香りを放っている。

ガウンを脱ぎ、そろそろと浴槽に浸かった。

「ああ……気持ちいい」

程よい熱さの湯加減に、やっと緊張感が解（ほぐ）れてきた。

歓迎されたとはいえ、知らない屋敷に知らない使用人たち、そして義母。クレメンスがいるからなんとか笑みを浮かべてこられたが、ほんとうはかなり気を張っていたのだ。

目を閉じ足を伸ばし、深く息を吐く。まだ自分がクレメンスと結ばれるなんて、信じられないでいる。

(夢じゃないわよね……)

まだなにもかも、現実感がない。

でも——今夜彼に処女を捧げるのだ。それを思うと、お湯のせいだけでなく身体がかあっと熱くなる。

クレメンスの指で唇で舌で、男女の交合のなんたるかをある程度までは教えてもらった。けれど、それ以上は——。

ふいに下腹部の奥がひくんと淫らに戦慄き、慌ててばしゃばしゃとお湯で顔を洗う。

そそくさと入浴を済ませて、洗面所に用意されてあったガウン式の夜着に着替えて寝室に向かった。

寝室はベッドのそばの丸い卓の上のオイルランプの灯り(あか)のみで、ぼんやり薄暗い。

大きなベッドの端にちょこんと腰を下ろし、じっとクレメンスを待つ。

自分の心臓の音が聞こえそうなほど、ドキドキしてきた。

やがて寝室の扉が開いて、静かな足音が近づいてくる。うつむいて自分の膝を見つめる。

ガウン姿のクレメンスが、ゆっくりと横に腰を下ろした。

「待たせたね、フローラ」

低い声でそうささやき、片手が肩に回された。

びくりと身が竦む。

するとクレメンスは、なだめるみたいに肩に回した手で肩から背中を何度も撫でてくれた。

「そんなに緊張しないで」

「は、はい……」

「今夜、君のすべてを奪う。でも、大丈夫。私に任せてくれれば、決して怖いことはない」

クレメンスの艶っぽい声と背中をさする温かい手の感触に、徐々に気持ちが落ち着いてきた。

フローラは顔を上げ、クレメンスの顔を見た。

湯上りのせいで、いつもは綺麗に撫でつけられているブロンドが額に垂れ、とても若々しく見えた。でも、青い目は欲望に妖しく光っていて、危険な大人の男の匂いがする。薔薇の石鹸の甘い香りと、薄いガウンから覗く引き締まった肉体の感触に、緊張感とともに淫らな興奮が掻き立てられる。

「フローラ。合理的結婚生活とはいえ、私は誰でもよかったわけではない。君がとても素晴らしい女性だと思ったからこそ、決心したんだ。それだけはわかってほしい」

クレメンスは真摯な眼差しでこちらを凝視する。その視線だけで、昼間火を点けられた媚肉の奥が、きゅんと甘く疼いた。

「はい。私だって、信頼しているクレメンスさまだからこそ、了解したんです。男性なら、誰でもよかったわけじゃありません」

ほんとうは、好きだから、恋しているから結婚を決めたのだ——でも、そんなことを口にすると、合理的なクレメンスをがっかりさせそうで、とても言えない。

彼の結婚のほんとうの目的は、後継ぎを得て安心して仕事に邁進（まいしん）することだろう。

彼のために子どもを産む——そう思うだけでも身体の芯がじんわり蕩けて、もう結婚の理由なんてどうでもいいと思えてくる。

だって、今はこうして好きな人と寄り添えているんだもの。この時間を大切にしたい。

そっとクレメンスが火照った額に口づけし、そのまま唇を目尻から頬、鼻梁、そして唇へと下ろしてくる。

「君を抱いていいね？」

啄（ついば）むような口づけの合間に吐息だけでそうささやかれ、胸がいっぱいになり、答える代わりに彼の胸の中に身体を預けた。

両腕で囲むように抱きしめたクレメンスは、そのまま自分の身体ごとベッドに倒れこんだ。

「ん……」

しゅるっと帯を解かれ、前合わせの夜着がはらりと左右に開いた。

大きな手が夜着の内側に滑り込み、身体の曲線に沿って撫で上げていく。それだけで、ぞくぞく甘く震えた。

「ん、あ、ぁ……」

「綺麗な肌だ。すべすべで、真っ白で、まだ誰にも触れさせていない、無垢な身体。私だけのものだ」

クレメンスが息を乱し、耳朶の後ろから首筋にかけてゆっくりと舌で舐め下ろす。ぞわっと鳥肌が立つほど感じてしまう。

「あっ、あ、や……っ、そこ……っ」

もう彼に耳が感じやすいということはばれている。だから、そこばかり舐め回され、びくびく腰が慄(わなな)いて、じわっと秘裂が潤ってくる。

「身体が熱い——もう感じているんだね」

コントラバスみたいな響きのいい声とともにふうっと息を耳孔に吹き込まれ、下肢がとろけそうなほど甘く痺れる。

耳や首筋を舐められながら、素肌を撫で回していた手がゆっくりと乳房を揉みこむ。すでに興奮で尖り切っていた乳首を摘(つま)み上(あ)げられ、指の間でコリコリと擦られると、居ても立っても居られないような疼きが下腹部の奥を繰り返し襲ってくる。

「ん、んん、んぁ……ぁ」

腰が勝手にもじついて、悩ましい鼻声が止められない。

「なんて可愛い声で啼(な)くのだろう。もっと啼かせたくなるね」

クレメンスの顔が徐々に乳房に下りてきて、疼き上がった乳首に口づけする。

「あっ、あ、あぁ……」

濡れた口腔と舌の感触に、熱い快感が全身を駆け巡る。まだ触れられても居ないのに、足の付け根の敏感な肉粒がじんじん疼き、どうしようもない官能の飢えが責め立ててくる。もじもじと腰を揺すっていると、乳房から顔を上げたクレメンスが、ぞくっとするほど妖艶な表情で見つめてくる。

「もう、欲しくなった?」

「や……ぁ」

弱々しく首を振ると、クレメンスの片手が下腹部をまさぐり、秘所を指先で押し開く。とろりと愛蜜が溢れでる感触がした。

「すごく濡れている。私を待ち焦がれているんだね」

恥ずかしくて、ぼっと顔から火が出そうになる。

確かに、媚肉の奥がひくひく戦慄いて、なにかで埋め尽くして欲しくてたまらなくなっている。でも、そんなはしたないことは口にできない。

クレメンスのしなやかな指が、くちゅりと蜜口に差し込まれゆっくりと掻き回してきた。

「あ、あぁ、はぁあ」

男らしいごつごつした指の感触が心地よくて、目を閉じて快感を味わう。

「んんぅ、あ、はぁ、あ、あぁん……」

膨らみきった花蕾をぬるりと撫で回されると、じんじん鋭い愉悦がいくらでも湧き上がってきて、すぐに高みに押し上げられた。

「あ、あっ、あ、や、も、だめ……っ」

筋肉が強張りきゅーんと膣奥が締まり、身体が浮遊するような錯覚に陥る。びくびくと腰を跳ねさせて、達してしまう。

「は……はぁ、あ、は……ぁ」

あっという間に達してしまい、恥ずかしくてクレメンスの胸に顔を埋めてしまう。

「可愛い――もう淫らな快楽の味を覚えたんだね」

クレメンスはフローラの身体をシーツの上に仰向けにし、ゆっくり身を起こした。

愉悦の涙でぼんやりした視界に、クレメンスがガウンを脱ぎ捨てるのが映る。

無駄な肉のない彫刻像みたいに美しい肉体だ。

思わず見とれてしまうが、下腹部に反り返る漲った欲望を目にして、思わずぎゅっと目を瞑ってしまう。自分が予想していたものより、はるかに巨大で禍々(まがまが)しい。心臓がばくばく言い始める。

狼狽(うろた)えているうちに彼の手が伸びてきて、フローラの夜着をするすると脱がせてしまう。

「あ……」

一糸まとわぬ姿になってしまい、思わず身を縮こませようとすると、静かだが断固とした声がした。

「隠さないで。全部見せてほしい」

「うう……」

羞恥で気が遠くなりそうだけれど、目を閉じて身体の力を抜いた。

「――綺麗だ。完全なフォルムとはこのことを言うのだろうか。君は神様が造り上げた最高傑作だよ」

そんなのお世辞だと思うのに、クレメンスに褒められると胸が苦しいくらい嬉しくて。

「可愛いフローラ、君の中に挿入れるよ」

クレメンスの身体が覆いかぶさってきた。

彼の長い足が、自分の両足の間に入り込み、大きく広げられる。

ますます心臓の脈動が速まった。

クレメンスはフローラの頬に口づけしながら、片手で濡れそぼった秘裂を押し広げた。そして、そこになにか熱く硬いものが押し付けられる。

クレメンスの昂ぶった欲望の感触。

「あっ」

思わずびくりと身体が震える。クレメンスが顔じゅうに口づけを降らせながら、ささやく。

「大丈夫、フローラ。怖がらないで」

「は……い」

ごくりと生唾を呑みこむと、クレメンスの太い男根の先端が、じりじりと媚肉を割って侵入してきた。

「あ……あ」

隘路をみしみしと押し広げてくる違和感に、フローラは目を見開く。

「痛いか？」

わずかに動きを止め、クレメンスが気遣わしげに尋ねる。

フローラはかぶりを振る。

「い、え……ちょっと、苦しい、だけ」

「なんて健気で可愛いんだろう——優しくするからね」

じわじわと剛直が奥へ進んでくる。

切り裂かれそうな痛みが走った。

「あっ、痛……っ」

でも声を上げまいと、必死で唇を噛む。

「く——狭い。押し出されそうだ。フローラ、もっと力を抜いて」

「あ、あ？」

緊張感が高まって、言われた通りにできそうにない。

すると、クレメンスが唇を重ねてきた。柔らかな舌が唇を割って、口内に入り込んでくる。

「んっ、んぅ……っ」

ちゅうっと音を立てて舌を強く吸い上げられ、喉奥がひくりと震えた。

一瞬、身体の力が抜けた。

その刹那、肉茎が渇望するように奥へ奥へと進んできた。

「あっ、ああ、あ、クレメンス、さま……っ」

熱い。

隘路がみっしりと埋め尽くされていく。

熱くて灼けてしまいそうだ。

「ああ、なんて締め付けだ――フローラ、とても悦い」

クレメンスが陶酔したような声を出す。

「ひ、あ、あぁぁ」

巨大な塊にお腹が押し上げられるような錯覚に陥り、思わずクレメンスの広い背中にしがみついた。

「すまぬ、もう止めらない。痛いか？」

クレメンスが息を乱して尋ねるが、もう答える余裕はなかった。

痛みより、胸苦しさが下腹部いっぱいに広がっていく。

太い脈動がとうとう最奥まで辿り着き、互いの下腹部がぴったりと重なる。

クレメンスが深いため息をついた。

「ああ——全部挿入ったよ、フローラ。これで君は、私だけのものだ」

（とうとうクレメンスさまと結ばれた……）

胸の中がせつない喜びに溢れてくる。

「嬉しい……」

涙声で答えると、内壁に包まれた張り詰めた欲望がびくりと震えた気がした。

「もう耐えられない——動くよ、フローラ」

クレメンスがゆっくり腰を引く。

「あ、あ……動かないで……っ」

肉襞が内側から引き摺り出されるような感覚に、息を呑む。

先端の括れまで引き抜かれた肉杭が、再びずん、と蜜腔の行き止まりまで突き上げてきた。

「ひ……っ」

熱い衝撃に声を上げてしまう。

「私にしっかり抱きついて、フローラ」

クレメンスがフローラの膝裏に腕をくぐらせ、恥ずかしい格好に両足を開かせた。

「あっ、ああ、あ」

さらに結合が深まり、クレメンスの肉胴の与える刺激がさらに強くなる。

深く子宮口まで突き上げられて、頭が真っ白に染まった。

男女の交合とは、こんなにも情熱的なものだったのか。

まるで嵐みたいに、すべてを奪われていく。

「あ、ぁ、あ、クレメンス、さま、こわい、こんな……激しい……」

ぐらぐらと身体の芯から揺さぶられ、フローラは必死にクレメンスの背中にしがみつき、爪を立ててしまう。

「っ――すまない、君の中が悦すぎて、もう止められない」

クレメンスの呼吸が乱れ、腰の抽挿が次第に速まってくる。

濡れ果てた柔襞を太い剛直が擦り上げていく感触に、瞼の裏が真っ赤に染まる。傘の開いた先端で行き着く先をぐぐっと押し上げられると、激しい愉悦にも似た衝撃が走り、甲高い嬌声を上げてしまう。

「あぁ、あ、あぁあ、はぁあっ」

普段の紳士的で理知的なクレメンスが、今は一匹の雄と化して荒々しくフローラの肉体を貪り尽くす。

その落差にひどく劣情を煽(あお)られた。

求められている、こんなにも。

そう思うと、灼けつくような膣壁からじわりと重苦しい快感が生まれてきた。そして、それはどんどん肥大してくる。

「あ、あぁ、はぁ、あ、クレメンスさまっ」

感極まって強くイキむと、無意識に男の肉根をぎゅうっと締め付けてしまう。

「は――フローラ、いけない。そんなに締めては――もたない」

クレメンスがたまらないといったふうに、深く息を吐いた。

おずおずと潤んだ瞳で彼を見上げると、クレメンスは荒い呼吸を繰り返しながら、長い睫毛を伏せ額に玉のような汗を浮かべている。その表情は酩酊しているみたいにほんのり赤く染まっている。

こんな無防備で一心不乱な彼は初めて見る。

フローラだけが知るクレメンス。

自分の中で彼が心地よくなっていると思うと、目眩がしそうなほどの歓喜が全身を包み込んだ。

深く突き上げられるたびに衝撃的な悦楽が意識を攫い、どうしようもなくはしたなく悶えてしまう。

「はぁ、あ、あぁ、すごい……あぁ、すごくて……っ」

ぐちゅぬちゅと結合部から卑猥な水音が立ち、羞恥と愉悦の狭間でおかしくなりそうだ。

「ああ悦いよ、フローラ、とても悦い——君に溺れそうだ」

クレメンスがせつない声を漏らし、さらにがつがつと腰を打ち付けてきた。

「あきゃ、あ、壊れ……ちゃう、あ、だめ、おかしく……あ、あぁ」

なりふりかまわぬ深く速い抽挿に、フローラの理性は粉々に打ち砕かれた。

ぎゅうっとクレメンスに抱きつき、彼の与える快楽をひたすら貪る。

「フローラ、フローラ、もう、終わりそうだ——達くぞ」

クレメンスはフローラの細腰を抱え上げ、最後の仕上げとばかりに激しく前後に揺さぶった。

「ああ、あ、はぁ、あ、だめ、あ、も、だめぇ……っ」

身体の奥底に、熱い波が押し寄せてくる。

フローラはびくびくと腰を痙攣させ、高みに押し上げられた。

「あ、あぁあぁあっ」

仰け反って絶頂の悲鳴を上げた瞬間、濡れ襞がきゅうきゅう収斂し、男根を締め付けた。

「くっ——」

クレメンスが低く唸り、ぶるりと胴震いしたかと思うと、びゅくびゅくと白濁の欲望を放出した。内壁が熱い飛沫(しぶき)で満たされていく。

「あ、あぁ、あ……ぁあ」

二度、三度、大きく腰を穿（うが）たれ、フローラは意識が飛んだ。

クレメンスの動きがふいに止まり、彼は満足げに深く息を吐く。

「──フローラ」

荒い呼吸を繰り返しながら、クレメンスがゆっくりとフローラの上に倒れこんできた。

「……はぁ、あ、あ、クレメンス、クレメンス、さま……」

汗ばんだクレメンスの身体の重みが心地よい。

「とても悦かった──」

耳元で掠れた声でささやかれ、全身に満ち足りた喜びで震える。

「……好き、クレメンスさま、好きです……」

思わず本心が口をついて出た。でもフローラは、自分が何を言ったのか気が付かない。

まだうねうねと快感の余韻にうごめく膣襞の中で、すべてを出し尽くしたクレメンスの欲望がぴくりと跳ねた。

クレメンスがわずかに顔を上げ、まだ夢幻境を彷徨（さまよ）っているフローラの顔を覗き込む。

フローラは幸福そうに微笑む。

「フローラ、私だけのフローラ」

クレメンスが独り言みたいにつぶやく。

そして、いたわるような優しい口づけをくれる。

「ん……」

フローラは目をそっと閉じ、口づけを受けた。

その瞬間、それまでの激しい熱量がすべて昇華して、満ち足りた穏やかな幸福に変わっていくような気がした。


夜は穏やかに更けていく。

クレメンスは、腕の中ですうすうと寝息を立てているフローラの顔をじっと見つめた。

ついさっき破瓜を果たしたとは思えない、穏やかな寝姿だ。

あどけない寝顔は、あまりに儚く美しく、大事に宝箱にでもしまっておきたいくらいだ。

まだ自分の股間に、フローラの狭く熱い処女肉の感触が残っているようだ。

とうとう彼女を手に入れてしまった。

クレメンスは、身体中に満ちる達成感をしみじみと感じていた。

この娘が愛おしい。

誰にも渡したくない。

そう自覚したのはいつ頃からだろう。

もしかしたら、最初に小鳥のように自分の腕の中に飛び込んできた瞬間からだったのかもしれない。

だが、クレメンスはそんな感情に目を背けようとしていた。

彼の最初の結婚は、式を挙げる前に破綻した。

今思い出しても、胸の奥が苦しくなる。

あれからもう二度と、女性を信じないと自分に誓った。近づいてくる女性たちには一瞥もくれなかった。

そのため、女性を愛するという感情もわからないままだったのだ。

フローラに対する気持ちも、同情と好奇心だと思い込んだ。

少し変わり種の彼女の婚活に付き合うのは、なかなか面白い趣向だくらいに考えていた。

だから——。

こんなにも独占したくて、こんなにも大事にしたくて、こんなにも熱くフローラを求める気持ちがなんなのか、わからなかった。

母に責め立てられ、思わず意中の相手はフローラだと口走った。

その時ですら、これは勢いというものだ、と思っていた。

フローラに合理的結婚を申し出た時も、本気でそれが正しいと考えていたのだ。

でも——。

屋敷の前でフローラの到着を待ちわび、彼女が馬車を下りてきた瞬間、クレメンスはやっとわかったのだ。

愛している、と。

やっと巡り合えたのだ、愛しい存在と。

昂ぶる喜びの感情とともに、自分が取り返しのつかないことをしたと後悔する。

なぜ、きちんと気持ちを伝えてプロポーズしなかったのだろう。

婚活の相手にふられて、落ち込んでいたフローラの心の隙間に付け込んだような形になってしまった。

行き遅れてなんとか結婚したかったフローラにとって、クレメンスとの結婚は最後の頼みの綱だったろう。

だからクレメンスとの結婚を笑って受け入れたのだ。

クレメンスのことを愛しているからではない。

「合理的だなんて——なんてつまらないことを言ってしまったんだ」

クレメンスはあの時の自分を殴ってやりたい。

かわいそうなフローラ。

行き場をなくしたいたいけな娘。

彼女が今後、クレメンスとの結婚を後悔したらどうしたらいいのだろう。

いつか本当の恋を知り、その男を恋焦がれるような日が来たら――。

クレメンスはぞくっと背中が震えた。

そんなことはさせない。

絶対に彼女を幸せにしよう。

恋を知らなくても、クレメンスとの結婚は間違いではなかったとフローラに思わせたい。

休暇はまだ十日もある。

その間、うんと可愛がろう。とことん甘やかそう。快楽に抱きつぶしてやる。

クレメンスはそっとフローラの頬に口づける。

フローラがわずかに顔を振り、寝言を言う。

「ううん……クレメンスさま……？」

寝言でも自分の名前が呼ばれると、胸が熱くなった。

どうしよう。

可愛い、可愛くて仕方ない。

この歳になって、女性に名前を呼ばれて胸がドキドキするとは。

クレメンスは顔がにやけてしまうのを、止めることができなかった。

翌朝、初夜の疲れもあってか、フローラは日が高く昇っても目を覚ますことができなかった。下ろした天幕越しに、明るい日差しが透けて差し込んでくる。

「ん……？」

ふっと重い瞼を開けると、いつもの自分のベッドと違うことに一瞬焦った。

それから、すぐそこに眠っているクレメンスの顔があるのに気がつき、ほっとする。

二人は全裸のまま絡み合うようにして寝ていた。クレメンスの筋肉質の腕がフローラの身体を守るように抱きしめている。

彼の規則正しい寝息や力強い鼓動を肌で感じると、しみじみ幸福感が湧き上がってくる。

クレメンスの広い胸に顔を擦り付けるようにして甘え、そっと寝顔を見つめる。

いつもはきちんと整えてある髪が寝乱れて、起きている時よりずっと少年ぽく見えた。今この美麗な寝顔を独り占めしているのだと思うと、胸がトクンとときめいてしまう。

しばらく見つめていたら、突然クレメンスがパッチリと目を開けた。

「あ……」

慌てて視線を逸らし、小声で挨拶した。

「お、おはようございます。お目覚めですか？」

クレメンスが寝起きの少し掠れた声で言う。

「とっくに目覚めていた」

「え？」

クレメンスが軽く咳払いする。

「君がいつまでも私の顔を眺めているから、照れ臭くて目を開けることができなかったんだ」

「照れ臭い……？」

「寝顔を見られるほど照れ臭いことはない」

クレメンスの目元がわずかに赤い。

フローラは思わず笑みを浮かべてしまう。

「ふふっ、クレメンスさまって、意外に可愛らしいところがあるんですね」

互いに無防備な裸体でいるせいか、フローラはいつになくクレメンスに心が近づいたような気がした。

「あっ……」

と、ふいにクレメンスががばっと起き上がり、フローラにのしかかってきた。

クレメンスが薄く笑っている。その表情が色っぽくて息を呑んでしまう。

「大人をからかうものではない」

「か、からかってなんか……」

「罰だ」

　クレメンスがフローラの柔らかく揺れる乳房に顔を埋めてくる。さらさらした彼の髪の毛が肌を擽っただけで、ぞくりと背中が震えた。クレメンスが、赤く色づいた乳房の先端を咥え込む。

「っあ、あっ」

　軽く歯を立てられ、チリッと灼けつくような疼きが走った。

　クレメンスの舌が乳首を転がし、ちゅっと吸い上げてはねっとりと舐め回されると、下腹部がずきずき脈打ってくる。

「やあ、だめ、そこ……噛まないでぇ……っ」

　フローラがいやいやと首を振るが、クレメンスは両方の乳房を寄せ上げるように掴むと、ちゅっちゅっと交互に乳首を吸い上げ、空いた方の乳首を指先で摘み上げてくる。

「はぁ、あ、や……だめで……ぇ」

　フローラがせつなげな声を漏らすと、舌をひらめかせながらクレメンスが意地悪げにこちらを見上げた。

「いやじゃないだろう？　もっとしてほしいくせに――」

　フローラは耳朶まで真っ赤になった。

「違……だって、こんなこと、朝から……」

「こんなこと？」

そう言いながら、クレメンスは片手でフローラの股間をまさぐってくる。

「きゃっ、あ、あぁっ」

割れ目を撫でられ、ぬるっと指が滑る感触に快感が走る。

「こんなに濡れて——感じているじゃないか？」

くちゅくちゅと蜜口の浅瀬を掻き回され、腰が蕩けそうに心地よくなってしまう。

「あ、あ、いや、いやらしいこと、言わないで……」

「君をもっといやらしくしたい」

ぬるつく指が割れ目の上の方へ移動して、秘められていた肉粒を柔らかく撫で回した。

「ひ、あ、あぁあっ」

鋭い快感が走り、腰がびくりと浮いた。

「ここをこうされるのが、好きだろう？」

そう言いながら、膨れてきた花芯を触れるか触れないかの感触でくるくる撫で、そろりと摘んでそっと扱いてくる。

「は、はぁ、あ、あぁ……だめ……っ、そこは……」

痺れる愉悦に腰がもじつき、足が誘うみたいにひとりでに開いてしまう。

「気持ちいいだろう？　先端をこうされるのと、根元を撫でられるのと、どちらがいいかな？」

クレメンスはフローラの反応を伺うみたいに、指技を駆使してくる。

「あ、あぁ、そんなの……わかりません……あん、あぁん」

鋭敏な秘玉を執拗にいじられて、どうしようもなく感じ入り、身体の奥がせつなくなってしまう。とろりと愛蜜が溢れてくるのがわかる。

「ふふ……どんどん濡れてくる、可愛いね」

クレメンスは上体を起こすと、フローラの細腰を抱きかかえ、両膝を大きく開かせた。

「きゃあっ、やあっ」

昨日はかすかなオイルランプの明かりのみの閨ごとだったが、今はすっかり明るい。

秘裂から後孔まで、恥ずかしい部分が丸見えになってしまう。

「やめて、見ないでください！　は、恥ずかしい！」

だがクレメンスはじたばたするフローラの両足をがっちり抱え込み、股間に顔を寄せる。

「だめだ。夫婦になったからには、なにもかも見せてほしい」

「うう……ひどいです……」

羞恥のあまりぎゅっと目を閉じてしまうが、淫部に突き刺さるような視線を感じた。

「綺麗だね——昨日処女を散らしたばかりなのに、つつましいピンク色で」

「そ、そんなこと、言わないで……」

「でも、少し腫れているかな——私のせいだね」

股間に熱い息遣いを感じて、ひくっと媚肉が震える。

ぬるっと熱い舌先が割れ目を舐め上げた。

「ひああっ、あぁ」

甘い痺れに腰が跳ねる。

「小さな蕾が熟れきって、真っ赤になって美味そうだ」

クレメンスの舌が、膨れた秘玉の周囲の蜜を舐めとる。そして、じゅるっと卑猥な音を立てて、花芽ごと吸い上げられた。

「はぁあ、あ、あぁあっん……っ」

一気に高みに押し上げられて、フローラはびくんびくんと内腿を慄かせた。

「内側がもっと欲しそうに、ヒクついているね」

くちゅっと長い指が蜜口から差し込まれた。

「あ、あっ」

乳首を舐められた時点で、すっかり飢えていた媚肉が嬉しげにクレメンスの指を食む。

「まだ狭い」

指が根元まで押し込まれる。骨ばった指の感触に、きゅんと膣壁が締まる。

「痛くはないか?」

気遣ってくれるのが嬉しい。

「い、いいえ……」

「うん、ではこれでは？」

指が二本に増えて、そろそろと内壁をまさぐる。

「あ、あぁ、あ……」

「熱くてうごめいて、とても複雑な感じだ——どこが感じるかな？」

クレメンスはくちゅくちゅと指を抜き差ししながら、隘路を探ってくる。

「あ、あぁ、はぁ……」

自分でも自分の身体の中のことはわからない。ただ、クレメンスの指を受け入れていじられていると思うと、目眩がしそうなほど頭がクラクラしてくる。

と、指先がお臍のすぐ裏側あたりの少し膨れている部分をクッと押し上げてきた。

「ひゃ……あ、はあぁあっ」

いきなり激しく衝撃的な愉悦が走り、クローラは腰を浮かせたまま瞬時に達してしまった。

同時に、びゅっと熱いさらさらした液体が体内から吹き零れてきた。

一瞬、感じすぎて粗相をしてしまったのかと思う。

「やあぁっ、しないで、漏れて……いやぁ、恥ずかしいからぁ……っ」

両手で顔を覆い、いやいやと首を振った。

なのに、クレメンスの意地悪な指は、再びそこを押し上げてくる。

「んあっ、あ、だめ、あ、だめぇっ」

濃密な喜悦が再び襲ってきて、フローラはびくびくと全身を痙攣させてまた果てた。

そして、膣奥からびゅっびゅっと愛潮が噴き出す。

シーツがびしょびしょに濡れた。羞恥と快感で、フローラは甘くすすり泣く。

「……はぁ、やめて、こんなの、ひどい……ひどい……」

「泣かなくてもいい。これは小水ではないんだ。女性はひどく感じると、こうして透明な潮を吹くという。私は今、君の快感のツボを見つけたんだ、ほら」

またぐっとそこを押された。

「んんぁ、あ、はぁあっ」

「すごい、指が奥へ引き込まれる。ここがいいんだね。気持ちよければ、そう言うんだ。知りたいのだから、君のすべてを、お願いだ」

蠱惑的な声でそう請われると、もはや降伏するしかない。

「あ、あ……そこ、すごく、感じて……いいの……刺激が大きくて、へんになりそうで……」

「ああここ、蕩けてきそうだ。熱くて柔らかくて、でも弾力があって——君そのものみたいな——」

クレメンスは陶酔した声を出し、何度も何度もフローラの感じやすい箇所を指でまさぐった。

「はああっ、あ、あぁん、あぁ、あぁぁ、だめ。また……っ、来る……ああ、なにか、来ちゃう……っ、くるっ……」

　フローラは腰を浮かせて繰り返し腰をビクつかせた。

「いいよ、達っておしまい。好きなだけ――」

　クレメンスは感じやすい箇所を、指でぐるりと大きく掻き回すみたいに刺激した。

「達く、あ、達っちゃう……っっ」

　ぱあんと脳裏の何かが爆発し、思考が真っ白になり何もかもが溢れてくる気がした。

「……はぁ、はっ、はぁぁっ……」

　腰が小刻みに痙攣し、硬直した直後に一気に全身から力が抜ける。

　びしょ濡れのシーツの上にぐったりと沈み込む。

　クレメンスが濡れた指をゆっくり引き抜いた。こぷりと最奥に溜まっていた愛蜜が吹き零れた。

「……うう……ひどいです……こんなにして……」

　クレメンスの手が、愛しげに汗ばんだ額を撫でる。

「どうして？　私は嬉しいよ。君の感じやすい部分を見つけて、もっと気持ちよくしてあげられるのだから」

　クレメンスがおもむろに身を起こし、そのままフローラに覆いかぶさってきた。

「今度は、私自身のもので感じておくれ」

ほころび切った花弁に、ぬくりと太く硬化した欲望が押し付けられた。

「あ……ん」

それだけでじんと甘く感じ入ってしまい、もはや拒むことはできない。

だって、求めている。

自分の身体の奥が、クレメンスで埋め尽くして欲しくて痛いくらい疼いている。

濡れに濡れた媚肉は、ぬるっと太竿を受け入れる。

「んっ、ふ、あぁ……」

めいっぱい満たされる悦びに、息が詰まりそうだ。

クレメンスの剛直がゆるゆると侵入してきて、最奥まで届く。

ぴったりと互いの下腹部が重なった。

「あ、あぁ、熱い……クレメンスさまの……おっきくて……」

「そうだよ――君が欲しくて、おかしくなりそうだ」

クレメンンスの息が乱れている。

彼が自分の中で心地よく感じているのだと思うと、濡れ襞が勝手にきゅんきゅん収縮し、肉胴に絡みついてしまう。

「っ――だめだフローラ、そんなに締めては」

はあっと耳元で悩ましい吐息が吐き出され、それだけで震えるほど感じてしまう。思わずクレメンスの背中に両手を回してぐっと引き付けた。

「フローラ」

クレメンスが蕩けそうに甘い声を出し、前髪を掻き上げて、額に繰り返し口づけする。以前は大嫌いだったおでこを、クレメンスが愛おしんでくれるのが嬉しくて、感極まって泣きそうになる。

（好き……クレメンスさま、大好き。あなたのこと、もっと知りたい。あなたが喜ぶことを、私も知りたい）

自分から顎を上げて、クレメンスの口づけを求めると、彼が応じてくれて啄むような口づけが、次第に深いものになる。

「ん、ふ、んん、んぅ」

拙いながら、彼の舌に応じて自分の舌を絡め、相手の口腔をまさぐる。

「動くよ」

口づけの合間に低くささやき、クレメンスがゆっくりと腰を抽挿し始める。

「あ、んん、ん、は……」

さっき見つけたばかりのフローラの快感の源を、笠（かさ）の張った硬い亀頭が探るみたいに突いてくる。

「はっ、あっ、そこ……っ」

内壁の感じる部分を押し上げられ、深い喜悦が下腹全体に拡がっていく。

クレメンスはフローラの反応を確かめるように、繰り返しその部分を突き上げる。

「ここか？　ここが悦いのだな？」

「あ、あぁ、そう……です……っ、んあぁ、あ、は、あぁ、あぁっ」

指よりももっと圧迫感があり、快楽が底無しに生まれてくる。

あまりに気持よく、もっともっとと腰がねだるみたいにくねった。

「はあっ、あ、クレメンスさま、あぁ、きもち、いいっ……」

「いいか？　そうか、もっと啼け」

クレメンスが漲る先端を一番感じる部分に押し付け、ぐるりと腰を押し回してきた。

「ひうっ、あ、だめぇ、そんなにしちゃ……あ、あぁあっ」

内壁を思い切り掻き回され、頭が愉悦でクラクラしてくる。

「すご……い、の……だめになる……っ」

みっしりと重いクレメンスの身体の下で、フローラは全身で身悶えたて甲高い嬌声を上げた。

「だめになっていい、フローラ、そら、もっとだ」

クレメンスは片手を粘膜の結合部に潜り込ませると、指で秘玉に触れてきた。

「ひあっ、あ、だめ、そこも……っ」

深い部分を抉り込まれながら、鋭敏な肉粒を押し込むように刺激され、気持ちよすぎて腰がびくびく跳ねた。

　じゅっと熱い愛潮が隘路の奥から溢(あふ)れ出て、二人の下腹部をはしたなく濡らしてしまう。

「ここも感じるだろう？　君の感じやすい部分を、全部知りたい。なにもかも、私のものにしたい」

　クレメンスの腰の動きが次第に速まってくる。弱い箇所をがつがつと突き上げられ、頭の中にばちばち悦楽の火花が散る。

「ああだめだめ、だめぇ、そんなにしないで……やだ、また、達く、達っちゃう……っ」

　際限ない快楽の洪水に、意識が飛んでしまう。

「っ、あ、ああ、や、も、もう、もう……っ」

　全身が強張る。無意識に両足がクレメンスの腰に巻きつき、さらなる快感を得ようとする。

　ほどなく、絶頂感が怒涛(どとう)のように襲ってきた。

「あああぁあーっ」

　甲高い嬌声を上げて、フローラは絶頂を極める。

「あ、あぁ、あ、あぁ……」

　びくびくと腰がいつまでも痙攣し、クレメンスの剛直をあさましく奥へ奥へと引き込もうとする。

「……やぁ、終わらない……こんなの……はっ、はぁ、どうしよう……」

　フローラは身悶えながら涙目で訴える。

　クレメンスは上体を起こし、たまらないといった表情でこちらを見下ろしてくる。そして、まだ硬度を保ったままの肉茎を深く挿入したまま、フローラの片足を肩に担ぎ上げるような体位を取った。

「あっ？」

「ほら、君の真っ赤にほころんだ花弁の中に、私のものが挿入(はい)っていくのが丸見えだ」

　クレメンスは、わざとらしくぐちゅぬちゅと水音を立てる。

「や、あぁ、やだ、見ないで……ぇ」

　はあはあと荒い呼吸の中から、あえかな声で懇願する。

「だめだ、全部見せてくれ」

　クレメンスは彼の律動に合わせてふるふる揺れる乳房の先端の、ツンととがった乳嘴をきゅっと指で摘んだ。

　ぴりっと新たな刺激が下腹部に走る。

「ああ、だめぇ、もう、いじっちゃ……また、また、感じちゃう……っ」

　これ以上はおかしくなる。

　いやいやと首を振るのに、クレメンスの意地悪い指は、痛いくらい乳首を抓(つま)んでは指の腹で擦ってくる。

「ほら、また締まってきた――欲張りで、際限ない身体だね」

「いやぁ……お願い、見ないで、あ、あぁ、あ」

「だめだ、いっぱい見てあげる――ああ、すごく締まって――その顔、なんていやらしくて可愛いらしいんだ」

クレメンスは抜き挿しを繰り返しながら、フローラの痴態をあますところなく眺めてくる。

「やめ……あぁ、ひどい、あぁん、もう、もうっ……」

恥ずかしくてどうしようもないのに、ますます感じてしまうのはなぜだろう。

こんな姿を晒せるのはクレメンス一人。

自分でも知らない妄りがましい姿を知っているのは、彼一人。

そう思うと、心の底から幸せで嬉しくて、内壁がますますうねってクレメンスを求めて止まない。

すぐに次の絶頂の波が押し寄せた。

「あ、あぁ、来る、また来る……あぁ、あ、はあぁぁっ」

びく、びくと最奥が震え、クレメンスの男根をせつなく締め付ける。だが、彼が果てる前にフローラが達してしまう。

「あ、ああ、あぁ……」

背中が反り返り、半開きの唇からはしたなく唾液が溢れた。

クレメンスと繋がっている部分から溶け出して、二人の下腹部が融合したような錯覚に陥る。

「……はぁ、は、はぁ……ぁ」

もはや声も枯れ果て、精魂尽きてシーツの上にぐたりと身を沈めた。

髪の毛の先から爪先まで、クレメンスの与えてくれた快楽で満たされ、もはや指一本動かせない。

なのに、クレメンスの男根はまだ漲ったままフローラの中に収まっている。

「素敵だ、その蕩けた顔――でも、まだまだ音を上げるのは早いよ」

クレメンスはそう言うや否や、フローラの両腕を掴むと、繋がったまままぐいっと持ち上げてきた。

「あ……っ」

ぼうっとしていて、なにが起こったかわからない。

気がつくと、クレメンスの膝の上にまたがる格好になっていた。力が抜けきっていて、彼にされるがままになってしまう。

「フローラ、フローラ」

クレメンスがフローラの口の端に滴る唾液をぺろりと舐め取った。

そして、細腰を抱きかかえてゆるゆると腰を上下に動かしてくる。

「ん、あ、あぁ、あ……」

ぐらぐらと揺さぶられ、さっきと違った角度から突き上げられ、再びじわじわ快感が込み上げてくる。

たぷたぷと上下に揺れる乳房に、クレメンスが顔を埋め、乳首を音を立ててちゅっちゅっといやらしく吸い上げてくる。

あれほど感じたのに、またきゅうんと甘い痺れが先端から身体の芯を襲ってくる。

「あ、あぁ……ん」

もう拒む声も出ない。

「ほら、また悦くなってきたろう？　このまま達し続けたら、君はどんなになるのだろう。知りたい」

艶めいた声とともに耳朶を甘噛みされ、ひくりと媚肉が戦慄く。

「やあ……許して……ぇ」

朦朧としたまま、与えられる快感にただたゆたう。

もはやクレメンスにされるがまま、舐められ、突き上げられ、捏ねくり回され、摘まれ、噛まれ――。

徐々に熱い喜悦の波が高まってくる。

「あ、来る……また、そんな……ぁ」

あれほど感じ入って達したのに、まだ終わらないのか。

フローラは自分の身体がクレメンスにどんどん作り変えられ、いやらしく淫らに堕ちていくのを感じる。

でも、それが嬉しい。

クレメンスを愛しているから。

彼に存分に愛されるこの身体がとても愛おしい。

「あぁ、あぁん、クレメンスさま……あぁ、好き……好きなの……っ」

フローラは無意識に口走る。

クレメンスはそれを別の意味に受け取ったようだ。

「ああここも好きか？　ほら、存分に突いてやる」

「ひっ、ひぁ……ひ……」

柔らかな尻肉を掴まれ、下から叩きつけるように肉棒で貫かれ、意識が軽く飛んだ。

フローラは声を上げることもできず、空気を求める金魚みたいに口をぱくぱくさせた。

「……クレメンス、さま……っ、クレメンスさま……」

愉悦に抱き潰され、掠れた声で愛する人の名を連呼するのみ。

ついにクレメンスも我慢の限界に来たようだ。

「っ――フローラ、私も、もう――」

ふいに噛み付くような口づけを仕掛けられ、舌の付け根まで深く呑み込まれ、頭の芯が快美感にきーんと鳴った。

フローラの舌を強く吸い上げたまま、クレメンスががむしゃらに腰を突き上げてきた。

「んんぅ、ふ、ふぁ、あぁ、んんんっ」

目の前が真っ白に染まり、もうクレメンスのことしか考えられない。

「ああフローラ、もう出すぞ、君の中に——」

クレメンスが思い切り子宮口を突き上げた瞬間、フローラは再び昇りつめ、きりきりと膣襞が収斂を繰り返し彼の脈動をしゃぶり尽くした。

「く——っ」

クレメンスが獣のように唸り、フローラの最奥に叩きつけるように欲望を吐き出した。

「ん……ふ、ふぁ、ふ……ぅっ」

喉奥までクレメンスの分厚い舌で塞がれて、フローラは息が止まりそうになる。

熱い飛沫が繰り返し子宮口に放出される。

蜜壺は嬉しげに収縮し、彼の精のすべてを受け入れようとする。

「ひ……は……ぁあ……」

クレメンスの律動が止まり、唇が唾液を滴らせて離れていく。

「は、はぁっ……はぁ、はぁあ……」

二人は密着したまま荒い呼吸を繰り返した。

まだびくびくと震える身体を、クレメンスがぎゅっと抱きしめてくれる。

「最高だった――フローラ」

深い息と共にしみじみつぶやかれ、脱力しきっているはずなのに、媚肉だけは敏感に反応してひくんと震えてしまう。

熱く激しくクレメンスに乱されるのも好きだけれど、すべてを与えあって出し尽くした後の、こうやって抱き合っている時間がとても愛おしいと思う。

世界が二人だけのものになる瞬間。

「クレメンスさま……」

そっと目を開けて彼の顔を見ると、色っぽく目を眇めてこちらを見つめている。

胸がトクンと高鳴り、思わず真情を吐露しそうになる。

「わたし……クレメンスさまが」

刹那、お腹がぐううっと大きな音を立てた。

「あっ……」

かあっと頬が熱くなった。

クレメンスがくすりと笑う。

「ふふっ、二人とも朝からずいぶん運動をしたからな」

フローラは穴があったら入りたいくらい恥ずかしい。

「いやだ、わたしったら……」

「気にすることはない、私も腹が空いた。ウィルにここへ朝食を運ばせよう。うちのシェフ特製のオムレツをたらふく食べようじゃないか」

クレメンスがそう言ってくれて、ほっと気持ちが救われた。

「はい」

クレメンスは直後、悪戯っぽく片目を瞑る。

「食欲が満たされたら、また、君の身体の神秘を探るとするか」

「えっ、ええっ？　まだ……っ？　こ、壊れちゃいますっ」

フローラが素っ頓狂な声を出すと、クレメンスは朗らかに声を上げて笑う。

「ははは——今日はもうベッドから君を出さない」

「もうっ……」

もはやフローラは苦笑いで返すしかなかった。

本当にその言葉通り、クレメンスは一日中フローラを抱き潰し、数え切れないほどの快楽を与え続けたのだ。

クレメンスの休暇の残りの十日間は、フローラにとってそれはそれは甘く濃密な日々だった。

毎日クレメンスと二人で外出し、ショッピング、食事、観劇、遊園地、動物園、乗馬、ボート乗り、テニス、サイクリング——ありとあらゆる娯楽に興じた。

外でのクレメンスは本当に紳士的でスマートで格好良く、フローラを心から楽しませてくれた。長身で美男のクレメンスはどこでも人々の注目の的で、こんな素敵な男性が自分の伴侶となったという事実が未だに夢みたいで信じられない。

でも、屋敷の中で二人きりになると——。

クレメンスはまるで人が変わったみたいに、フローラに迫ってくる。

それはもう昼と言わず夜と言わず、場所も構わず抱こうとするのだ。

始めは羞恥に抵抗するのだが、クレメンスの深い口づけや指や舌での巧みな愛撫に、身体がみるみる甘く蕩けてしまい、いつしか彼の思うままに抱かれてしまう。

無垢な身体が初めて知る官能の悦びに、逆らえない。

その上にクレメンスが、

「私は君の倍近い歳だからね、後継ぎ作りには少しの間も無駄にはできない」

などと言い聞かすものだからよけいに拒めない。

抱かれるたびに快感がどんどん深まり、自分の中にこんな恐ろしいくらいの淫らな欲望が眠っていたのかと、我ながら驚いてしまう。

でも、幸せだ。

身も心も満たされるというのは、このことを言うのか。

クレメンスには言えないけれど、彼への愛情が毎日毎時間深まっていくのを止めることができない。

クレメンスのことを想うと、背中に翼が生えて大空を飛行しているようなドキドキ感と酩酊感に包まれる。こんな気持ち、生まれて初めてだ。

だから――。

これが完全な片思いなのが、少しだけ寂しい。

少しだけせつない――。

第五章　早くも離婚の危機？

この十日感は、夢のようにあっという間に過ぎてしまった。

クレメンスはベッドの中で惰眠を味わいながら、ぼんやり考えている。

休暇は終わり、今日から大公陛下の住まう城へ登城せねばならない。

仕事に復帰するのはやぶさかではないが、少々名残惜しい。

フローラがあまりに可愛くて可愛くて、どうしようもなくなっている自分がいる。

機知に富んだ会話、眩しい笑顔、何事にも手放しで感動する瑞々(みずみず)しい感性、驚いたり戸惑ったりする時の目の瞬きの吸引力、柔らかくまだ少し青い肉体が、自分の腕の中で熱く蕩けていく時の法外な悦び——。

なにもかもが愛おしくて、フローラを独り占めできる幸福感に我を忘れてしまいそうだ。

今朝、彼女は自ら早起きし、クレメンスを起こさないようにそっとベッドを出て身支度をしていた。

今日から登城することをちゃんと心得ていて、新妻らしく振舞おうとしているのだ。なんて健気なのだろう。

寝たふりをして様子をうかがっていると、部屋の外でフローラが執事長のウィルにあれこれ尋ねている声が漏れ聞こえてくる。

フローラの質問攻めの嵐に、ウィルが困惑したように答えている。

「しばらく屋敷のことは私どもが采配せよとの、大奥様とご当主様のお言いつけです。そんなに気を揉まれなくてもよろしいのですよ」

「そんな——だって、わたしはもうこのお屋敷の『奥様』なんだもの、そんなお客様扱いはしないでください」

憤然と言い返しているフローラ。

彼女がピンク色の頬をぷっと膨らませている姿が目に浮かびそうだ。

クレメンスはくすくすと忍び笑いした。

扉がそっと開き、フローラが入ってくる気配がする。

急いで上掛けをかぶって眠っているふりをした。

「——クレメンスさま」

おずおずと上掛け越しに肩に触れてくる。ほんのり掌（てのひら）が温かい。

微動だにしないでいると、焦れた声で少しだけ手に力を込めて、そっと肩を揺すってきた。

「クレメンスさま、朝ですよ。クレメンスさま、今日からお仕事ですよ」

「ううん――」

わざとらしく眠い声を出して背中を向けてやる。

「……」

フローラが困惑してる様子が手に取るようにわかる。

彼女は今度は両手を肩にかけ、ゆさゆさと揺さぶってきた。

「クレメンスさま、起きてください。起きて」

ちょっと意地になって起きないでいると、フローラが困り果てた声でささやいた。

「あの……旦那さま……起きて」

旦那さま――！

どくんと心臓が跳ねた。

クレメンスは口元がにやけそうになるのを必死で堪え、今目が覚めたふうに振り返る。

「う――ん、ああ、おはよう、フローラ」

フローラが、大輪の薔薇みたいな笑顔を浮かべる。

「おはようございます！」

クレメンスは微笑み返し、両手を彼女の方へ伸ばす。

「おはようのキスはしてくれないのか？」

フローラの頬がぽっと赤くなる。すぐ表情に出るのも可愛らしい。

「キ、キス、ですか？」

「そうだよ。新妻にキスで起こされたら、いっぺんで目が醒めるというものさ」

「もう……っ」

フローラは顔を真っ赤に染めながらも、そろそろと身を屈め愛らしい顔を寄せてくる。

さくらんぼみたいな赤い唇が、そっと触れてくる。彼女からシャボンの甘い匂いがした。

さっと顔を放したフローラに、催促した。

「まだ醒めないな。もう一度」

「もう、これきりですからね」

しぶしぶ顔を近づけてくるフローラの腰に素早く腕を回して引き寄せる。

「んっ、んんっ」

唇を塞ぎ、強引に舌先を彼女の口腔に忍び込ませ、舌を探り当てる。そのまま彼女の歯列をなぞり、口腔内を掻き回す。

「ふ、や……んんんぅっ」

じたばた暴れるので、舌を搦め取って思い切り強く吸い上げてやると、みるみる彼女の身体から力が抜けた。フローラの舌は滑らかで甘くて、いくらでも味わいたい。

「は……ふぁ、あ、んん……」

艶かしい鼻声に、図らずも自分の下腹部が硬化してしまう。

　存分にフローラの口中を蹂躙してから、ぐったりした身体をそっと解放してやる。二人の唇の間につうっと唾液が糸を引いた。

「ん、も、もうっ……こんなのずるいです、だめですっ」

　フローラが憤慨する表情も、愛らしくて堪らない。

「ふふ——すっかり目が醒めたよ」

　クレメンスは上掛けをはねのけ、さっと起き上がってベッドから出る。

　きょとんとクレメンスを見守っていたフローラは、全裸の彼の下腹部の昂りを目の当たりにし、きゃっと声を立てて顔を覆った。

「いやだ、クレメンスさまっ、朝から……っ」

　クレメンスはガウンを羽織りながら、平然と言い返す。

「男はね、朝に一番興奮するものなんだ。覚えておきなさい」

「覚えておいたって、何の役にも立ちませんっ」

　フローラはまだ顔を覆っていやいやと首を振る。その仕草も小動物みたいで可愛い。

「ああそれと、今日から『クレメンスさま』は無しだ」

「え？」

　フローラが顔から両手を下ろし、目を丸くする。

「さっき呼んでくれたろう、『旦那さま』って、あれで——」

再び彼女の顔がリンゴみたいに真っ赤に染まる。

「や、やだっ……じゃ、じゃあ、さっきはもうお目覚めだったのですね？」

クレメンスはしれっとする。

「まあね」

フローラが再び顔を覆ってしまう。

「いやいや、恥ずかしいっ、ひどいわ」

クレメンスは苦笑いしながら促した。

「ほらほら、朝食の指示とかあるのだろう？　若奥様。私は半熟卵を二つと、カリカリに焼いたベーコンを必ず出しておくれ」

「あ、はい」

フローラはすぐにしゃきっとして、部屋を小走りに出て行った。

その後ろ姿を微笑ましく見送る。

フローラと一緒だと、何の変哲も無い朝の目覚めすらこんなに心が浮きたつ。

まるで、それまでモノトーンで統一されていた風景が、一気に極彩色に塗り替えられたような鮮やかさだ。

今度こそ失うまい、と思う。

フローラを大事にじっくりと愛したい。

朝食を済ませ、着替えをフローラに手伝ってもらう。

慣れない手つきでネクタイを結んでくれる姿も微笑ましい。

二人で並んで玄関ホールへの階段を下りていくと、執事長のウィルを始め使用人たちがずらりと勢ぞろいして見送りを待っていた。

「どうぞ行ってらっしゃいませ。お帰りは？」

ウィルがカバンと帽子を渡しながら尋ねる。

「うん、早めに帰宅するよ。フローラが寂しくて早く帰ってきてくれと言うからね」

ちらりと見ると、横にいたフローラはまた頬を染める。

「わ、わたし、そんなこと言ってません」

クレメンスは帽子を被りながら冗談めかして言う。

「心の声が聞こえたんだ」

「えっ？　聞こえたの？　嘘でしょう？」

目を白黒させて真面目に聞き返すので、思わず吹き出しそうになる。

折れそうに細い腰を抱き寄せ、啄むような口づけをする。

「では、行ってくるよ。奥様」

ちゅっと音を立てて唇を離すと、フローラは恥ずかしげに微笑んだ。

「行ってらっしゃいませ。だ、旦那さま」

「うん」

クレメンスは大いに満足して屋敷を後にした。

ウィルを始め使用人たちが全員うつむいて笑いを堪えているのは、見ないふりをした。


「おお、ウィンザー侯、休暇は充実して過ごせたようじゃな、顔色が実によいぞ」

登城して、大公陛下の控えの間に挨拶に出向くと、陛下は嬉しげに声をかけてくれる。

現大公陛下は御歳四十の男盛り。豪快で気さくだが、政務には手を抜くことなく携わり、国内外から高い評価を受けていた。クレメンスはその大公陛下の外交補佐官として長年勤め、絶大な信頼を置かれている。

「は――休暇を大いに満喫させていただき、本日からまた誠心誠意、政務に励みます」

大公陛下の玉座の前に跪き、恭しく頭を下げる。それから、おもむろに切り出す。

「陛下、実は私、来年早々、結婚式を挙げる所存でございます」

大公陛下は玉座から身を乗り出さんばかりにして、目を輝かせる。

「そうか！　社交界一の伊達男も、ついに年貢の納め時か」

「お恥ずかしい限りですが」

「いやいや、実にめでたい。ウィンザー侯の心を掴んだのは、どんな女性であろうかな」

「は、世界一美しく愛らしく健気な乙女です」

すらすらと惚気の言葉が口をついて出てくる。クレメンスは自分で言いながら驚いていた。

大公陛下は一瞬毒気に当てられたみたいに目を丸くしたが、すぐに大らかに笑い出す。

「ははははは、そうかそうか！　堅物の君のハートを鷲掴みにしたその乙女に、ぜひ私も会いたいものだ。さぞや素晴らしい女性なのだろうな。そのうち、二人で謁見にくるがいい。無論、結婚式には招待してもらうぞ」

「ありがたきお言葉」

クレメンスは耳朶が熱くなるのを感じたが、平静を装って答えた。

その後は業務に戻り、自分が不在の間に滞っていた仕事を片付けることに集中した。

勤務終了時間がくると、クレメンスはさっさと帰り支度を始めた。

早く帰宅して、フローラの笑顔を見たい。きっと彼女は、恥じらいながらもクレメンスを迎えに玄関ホールに現れるだろう。それを想像するだけで、ワクワクする。

以前のクレメンスは、遅くまで残業した後、夕食の席で母の小言を聞くのが嫌で、街の酒場に寄ってぐずぐずと時間を潰すことが多かった。

だが今は、一足飛びに家に帰りたい。

カバンを提げて執務室を出て、出口への廊下を急ぎ足で進んでいると、廊下の向こうに女性が一人佇んでいた。

彼女はクレメンスを見ると、こちらに近づいてくる。

「侯爵様、御機嫌よう。今日から、お仕事復帰だとお聞きしました」

「あなたは――ケイト・ハリスン嬢」

クレメンスは仕方なく足を止めた。

ケイトはにこりと微笑みかけた。

「私、実は折り入って侯爵様にご相談したいことが――」

「すまないが、私は帰宅を急いでいる。またにしていただきたい」

クレメンスはぴしりとケイトの言葉を遮った。

「ま――」

ケイトの表情がみるみる険しくなる。

だがクレメンスは一瞥だにしなかった。彼女が未だに自分に執着している気配がありありとして、警戒したのだ。

「失礼する」

そのまま背中を向けて歩き出す。

ケイトは無言で見送っていたが、背中に突き刺さるような視線を感じた。

(彼女には関わらない方がいい)

クレメンスはまっすぐ出口を抜け、城の馬車止まりに待機させてある専用馬車に飛び乗る。

駿馬（しゅんめ）ばかりの馬車なのだが、今日はなんだかいつもよりノロノロ走っているように思えてならない。屋敷に到着すると、御者が開けるより早く自分で扉を開き、玄関前の階段を二、三段まとめて駆け上がる。

「ご当主様のお帰りです」

執事長のウィルがよく通る声でクレメンスの帰宅を告げると、すぐにドレスの衣擦れの音がして、中央階段の上からフローラが姿を現した。

「お帰りなさいませ、旦那さま！」

蕩けるような笑顔を浮かべ、黒曜石の瞳はキラキラ輝いている。

うぬぼれかもしれないが、クレメンスの帰りを待ちわびていたような表情だ。

スカートの裾を摘み、滑るように階段を下りてくるフローラの姿に、クレメンスは目が釘付けになった。

「ただいま」

両手を広げて待ち受けると、フローラは子犬みたいに胸に飛び込んできた。

もはや制御がきかず、クレメンスはぎゅうっと彼女の身体を抱きしめた。


新年早々の結婚式の日取りも決定し、フローラは新しい生活で覚えなければいけないことや、やらなければいけないことが山積みで、毎日が慌ただしく過ぎていく。

クレメンスの姉の家に身を寄せていた義母は、そのままそちらに居ついてしまった。

「今度戻るときは、あなたたちの間に新しい命が誕生したときにするわ。一刻も早く、孫の顔を見せてちょうだいね」

届いた義母の手紙にクレメンスは、

「こういうデリケートなことを平気で書いてくるから、母上は苦手なんだ」

と顔を顰めていた。が、夜の営みがますます濃厚になることに音を上げるフローラに、

「母上を一刻も早く喜ばせたいだろう？」

などとしれっと言うので呆れてしまう。

けれど、そんな子どもみたいなところも、やっぱり愛おしくて仕方ないのだ。

その日、昼下がりにフローラは侍女を伴って、首都の目抜き通りにある行きつけの仕立屋を訪れていた。

ウェディングドレスの仮縫いのためだ。

大公陛下も出席なさるということで、すべてにおいて気の抜けない結婚式になりそうだ。

このところ毎晩、クレメンスとああでもないこうでもないと、結婚式の段取りについて話し合っている。クレメンスは、

「結婚式の主役は花嫁だからね、君が一番望む形で、君が一番輝くような結婚式にしたいね」

と言って、フローラの意思を尊重してくれる。

それが嬉しくて、何としてもクレメンスに恥をかかせないような素晴らしい結婚式にせねば、と気合が入るのだ。

特注のウェディングドレスは、すらりとしたフローラの身体の線をひときわ美しく引き立たせるようなデザインだ。ごてごてしたフリルやリボンは一切使っていないのに、長く裳裾を引くスカートの透けるレースの美しさはため息ができるほど豪奢だ。

試着したフローラの華麗な姿に、その場の者全員が息を呑んだ。

「素晴らしいです。これほど見事にこのドレスを着こなせるのは、奥様以外にはおられませんでしょう」

仕立屋の賛美も、そうそうお世辞に聞こえない。

フローラは満足げに姿見の自分を見つめた。これならきっと、クレメンスも手放しで喜んでくれるだろう。

でも、少しスカートの前丈が長い気がした。

「もう少し、前の方の裾を詰めてくれるかしら」

そう言うと、仕立屋が首を傾ける。

「しかし、ハイヒールをお履きになれば、ちょうど良いバランスになりますよ」

フローラはうつむいてつぶやく。

「いいえ、ハイヒールは履かないから」

未だに自分がのっぽであることのトラウマから抜け切れていないのだ。

結婚してからも、踵の高い靴は履いたことがない。

クレメンスがひときわ長身だから、一緒にいると気が付かないけれど、自分の背の高さが変わることはない。

クレメンスには可愛いと思われたいという気持ちが、逆に自分のコンプレックスを際立たせるのだ。こんな感情は、クレメンスに言えない。

「とにかく、もう少し裾上げしてください」

少し硬い声で言う。

「は――承知しました」

仕立屋は納得いかないような顔で答え、なんとなく、その場に気まずい空気が流れた。

フローラは気を取り直すように、明るい声で侍女に声をかけた。

「それじゃあ、次はブーケの種類を決めに花屋さんに行きましょうか」

仕立屋の店を出て、侍女が馬車止まりまで馬車を呼びに行っている間、フローラは歩道の給水塔の脇で待っていた。

と、ふいに声をかけられる。

「ハワード男爵令嬢」

「え？」

この頃は「奥様」と呼ばれることに慣れてきていたので、戸惑いながら振り返る。

硬い表情のレイノルズ男爵が立っていた。以前より少しやつれて、なんだか荒んだ雰囲気になっている。

「まあ、御機嫌よう、男爵さま」

フローラはにこやかに挨拶した。

しかし、レイノルズ男爵は強張った顔のままだ。

「ご令嬢、ほんとうに侯爵と結婚してしまわれるのですか？」

彼はずいっと近づいてくる。

フローラは気を呑まれて、一歩後ろに下がった。

「そ、そうです」

レイノルズ男爵は強い声で言う。

「結婚式を挙げる前に、考え直しませんか？　取引みたいな結婚で妥協するなら、あなたを愛しているこの私と結婚する方が、幸せになるとは思いませんか？」

彼の何かに取り憑かれたような表情が少し怖い。

「男爵さま、わたしは……」

「僕はあなたを愛してる。愛してあげる。なんでもしてあげる。幸せにしてあげます」

畳み掛けるように話してくるレイノルズ男爵を、フローラは無言で見つめた。

こんな自分に好意を持ってくれるなんて、とてもありがたいと思う。けれど――。

「男爵さま。わたし、クレメンスさまを――旦那さまを愛しているんです」

小声だがきっぱりと言う。

レイノルズ男爵は、気圧（けお）されたように目を瞬いたが、すぐに言い返してきた。

「だが、彼の方はそうではないだろう？　愛されない男性と結婚するよりは――」

「わたしね、以前婚活をしていた時には、相手に求めてばかりいたの」

フローラはひと言ひと言、噛みしめるように言う。

「愛してもらう、結婚してもらう、幸せにしてもらう。相手にもらうことばかり、考えていました。でもね、それは恋に恋していただけ。ほんとうの愛情じゃないって、今はわかるんです」

「――」

レイノルズ男爵は怖いくらいじっとこちらを凝視してくる。フローラはその圧力に負けないように、気持ちを込めて声を張る。

「今は、旦那さまを愛したい、幸せにしたい、それがわたしの幸せであり、望みなの。あの人が幸せなら、わたしはもう他になにもいらないの」

ひたと黒い瞳でレイノルズ男爵を見つめると、彼はついっと視線を逸らせた。

そして、顔を背けたまま低い声で言う。

「でも、君が侯爵の本性を知ったら、果たしてその気持ちのままでいられるかな?」

フローラは目を見開く。

「え? どういうこと?」

レイノルズ男爵は暗い笑いを浮かべてこちらを向いた。

「侯爵が浮気していることを、僕は知っているよ」

「え――?」

フローラは胸を強く突かれたような衝撃を受けた。

「そんなの、嘘……!」

「嘘だと思うなら、僕についてくるがいい」

フローラはごくり生唾を呑み込んだ。

内心がざわざわと粟立ち、侍女や待たせてた専用馬車のことなど頭から飛んでしまった。

仕立屋でのハイヒールの件で、自分の中に抑え込んでいたコンプレックスが頭をもたげ、心が揺れていた。そこへ、クレメンスのショッキングな話を聞き、ひどく動揺してしまった。

レイノルズ男爵が止めた辻馬車に、思わず一緒に乗り込んだ。

「三番街のレストラン『獅子亭』へ」

レイノルズ男爵が行き先を告げる。

「レストラン……そこに旦那さまが？」

不安を押し隠せず、声がかすかに震えた。

レイノルズ男爵は腕組みして顔を背けたまま答える。

「あそこは奥に個室があって、貴族の密会によく利用されるんです」

「密会……」

脈動が速まってくる。

レイノルズ男爵の言うことがまだ信じられない。

愛してくれてはいないだろうが、クレメンスはフローラに誠実に接してくれていると思っていた。結婚するからにはきちんと幸せにすると、言ってくれた。

可愛いと、綺麗だと、大事だと、何度も言ってくれた。

情熱的に抱いてくれた。

そのすべてが、結局は偽りだったというのだろうか。

爪の先から髪の毛の一本に至るまで熱く身体を愛しんでくれたのは、跡継ぎが欲しいだけの行為だったのか。

気持ちがぐらぐら揺れた。

未だに履けないハイヒールのように、フローラの心の中にはクレメンスに対するコンプレックスが消えないでいた。冴えない売れ残りの自分を、彼が同情心と家の利益のために結婚してくれるのだという後ろめたさ。

それが拭えないまま、ここまできた。

だから、今の幸せにいつもかすかな不安要素がつきまとっていたのだ。

レイノルズ男爵の言葉は、それを増幅させた。

『獅子亭』に到着し、先に馬車を下りたレイノルズ男爵の手を借りずに、自分で下りようとした。足元がふらつく。

「気をつけて」

レイノルズ男爵が思わず手を取ろうとするのを、強く跳ね除けた。

「触らないで！　一人でだいじょうぶです」

レイノルズ男爵がなにか心打たれたような表情を見せた。

レストランの扉を開けてもらい、顔をキッと上げて店内に踏み込んだ。

店は一見普通のレストランのようだ。

「あのカーテンの向こうが、個室になっているんです」

レイノルズ男爵がカーテンに閉ざされた店の奥を指し示す。

フローラは深呼吸して、そちらへ向かおうとした。

と、

「きゃあああっ！」

店の奥からたまぎるような女性の悲鳴が響いてきた。

店内にいた客や店員が、全員驚いて動きを止める。

フローラもぎょっとして足を止めた。

「誰か、誰か、助けてください！」

カーテンがさっと跳ね除けられ、一人の女性が店内に転がり込んできた。

ブロンドの髪がくしゃくしゃに乱れ、ドレスの胸元が暴かれて乳房が剥き出しになっている。

フローラはどきりとした。

以前夜会で会った、ケイトという女性だった。

彼女は背後を指差し、叫んだ。

「あの男が、いきなり私に襲いかかってきたんです！」

カーテンを押し開き、青ざめた表情の紳士が飛び出してきた。長身で端整なその姿は――。

「――旦那、さま」

フローラは唖然とする。

クレメンスはフローラの声を聞いたのか、はっとこちらに顔を振り向けた。

「フローラ？　なぜ君がここに⁉」

彼は愕然と目を見開いている。

ケイトが泣きじゃくりながら周囲に喚き散らす。

「早く、どなたか、警察を――この卑劣な男を、捕まえてください！」

店内が一気に騒然となった。

女性客たちは慌てて席を立って店から退去し、数名の男の客がクレメンスを取り囲む。彼らはクレメンスの腕を押さえ、羽交い締めにした。

クレメンスは抵抗するでもなく、無言でそのままにされている。

「そんな……旦那さま……！」

飛び出そうとして、レイノルズ男爵に腕を掴まれて引き止められた。

「行ったらいけません。ほらもう警官がやってきた。あなたも一度この場を離れた方がいい」

ばたばたと店内に侵入してきた警官たちは、泣きじゃくっているケイトに事情を聞き始める。

「あの男が、私を言葉巧みに誘って、無理やり部屋に押し込み、襲ってきたのです……！」

ケイトのあられもない姿に、警官たちは厳しい顔でクレメンスを囲んだ。

「侯爵殿、申し訳ないが、署まで同行をお願いします」

クレメンスは無言で頷(うなず)いた。

警官たちはクレメンスを囲んだまま連行しようとしている。

フローラは信じられない事態に、どうしていいかわからない。

「旦那さま、こんなこと、嘘ですよね……！」

掠れた声で呼びかけると、取り押さえられていたクレメンスが、ちらりとこちらに視線を寄

こした。

その眼差しはあくまで穏やかで真摯だった。フローラは涙が込み上げそうになる。

クレメンスに向かって縋るように両手を差し伸べた瞬間、ふうっと意識が遠のいた。

足元がぐらりと揺れる。

「危ない、ご令嬢!」

レイノルズ男爵が床に頽れる寸前に、抱き留めてくれたようだが、あとはもう目の前が真っ暗になって何もわからなくなった。


気がつくと、実家のハワード家の居間のソファに横たわっていた。

母が心配そうに覗き込んでいる。

「……お母さま……?」

まだ頭がぼんやりしている。母が涙ぐみながら言う。

「レイノルズ男爵という方が、気絶したお前をここまで送ってくださったのよ。事情はその方から伺ったわ」

フローラは一瞬ですべてを思い出し、がばっと身を起こした。

「旦那さまは!?」

母が眉を顰める。

「いたいけなご婦人を襲った罪で、今、警察で取り調べを受けているということよ。なんということでしょう。きちんとしたお方だと思っていたのに――」

フローラは居ても立ってもいられない気持ちで、立ち上がろうとする。

「わたし、わたし、行かなきゃ……旦那さまに会わなきゃ……」

母がぐっと肩を押さえてきた。

「お前が行ってもどうしようもないでしょう。とんだ不祥事になって――せめて結婚式を挙げる前でよかったわ。あなたと侯爵のことは、まだ正式には公になっていないから」

フローラは目を丸くして母の顔を見る。

「え？　どういう意味なの？」

「こうなったら、侯爵とは結婚を解消した方がいいわ。夫となる人が、婦女暴行未遂で逮捕されるなんて、そんなスキャンダラスなこと――ハワード家の末代までの恥だわ」

フローラは思わず強い言葉で言い返していた。

「まだ、旦那さまの罪が確定したわけではないわ！」

母は驚いたように口をぽかんと開ける。

今までこのように親に怒鳴ったことなどなかった。

フローラ自身も内心びっくりしていた。

いつだってうつむき加減でおどおど生きてきた。誰かに言い返したり、自分の意見をはっきり述べることなどしたこともない。

なのに――自分の中にとても強い気持ちが生まれている。

クレメンスへの愛情が、いつの間にか自分を大きく変えていたのだ。

フローラは母の手をそっと押しのけ、ゆらりと立ち上がる。

「わたし、帰らなきゃ。わたしの家へ――お母さま、馬車をお借りします」

母は気圧されたようにフローラを見つめている。

彼女は少し気弱な声を出した。

「せめて、お父様がお戻りになるまで、待っていたら？　お父様に頼んで、秘密裏に事件を処理してもらえば――」

フローラはきっぱりと言った。

「いいえ。その必要はありません――旦那さまは、無実に決まっていますから」

母は口を噤んだ。

そして、深いため息をついた。

「お前がそこまで言うのなら、もう止めることはできないわね。それほど侯爵様を信頼しているのなら、私はお前を信じましょう。いいわ、馬車を用意させます」

「お母さま……」

母はフローラをそっと抱き寄せた。

「強くなったのね、あなたは——それはきっと、侯爵様のおかげだわ」

　フローラは母の優しい言葉に、鼻の奥がツンと痛んで泣けそうになる。けれどぐっと涙を呑み込んだ。泣いている場合ではないのだ。

　玄関に出ると、すでに専用馬車が待ち受けていた。

　だが、突然馬車の前に立ち塞がった者がいた。

「あなたの容体が心配でやってきたら——ご令嬢、どこへ行くのですか？」

　レイノルズ男爵だ。

「今はお家でじっと潜んでおられる方がいい。事件が世間に公になれば大騒ぎになりますから。私でよければ、お力になります」

　フローラはきっぱりと首を振る。

「わたしの家は、あのウィンザーの屋敷です。わたしは自分の家に帰ります」

　レイノルズ男爵が気を呑まれたように口を閉じる。

　フローラはレイノルズ男爵の横をさっさと通り過ぎ、御者の手を借りて馬車に乗り込む。

　レイノルズ男爵が、慌てて振り返る。

「お待ちください、ご令嬢」

　フローラは窓から顔を覗かせ、誠実な気持ちを込めて言う。

「お心遣い、感謝します。でも、わたしはクレメンスの妻です。わたしこそが、あの人のことを信じてあげなくちゃいけないんです」

　黒曜石色の瞳でまっすぐレイノルズ男爵を見据えた。

「――」

　レイノルズ男爵はそれ以上何も言わず、石のように固まっている。

「ウィンザー邸まで行ってちょうだい」

　フローラは座席に深く背をもたせかけ、御者に声をかけた。

　馬車が走り出す。

　フローラは前を向いたまま、二度と振り返らなかった。

　屋敷の周囲には、どこからか騒ぎを聞きつけたようで、野次馬（やじうま）やら取材関係らしい男たちが数名うろうろしているのが見えた。

　フローラは、なるだけ門前ぴったりに馬車を止めるよう指示した。

　フローラが馬車の窓から顔をそっと覗かせると、わっと彼らが集まってくる。

「この屋敷の方ですか？」「今回の侯爵の不祥事をどうも思われますか？」「なにか一言」

　馬車を取り囲まれて、フローラは恐怖で心臓が縮み上がった。だが、竦みそうな気持ちを心の中で叱咤（しった）し、門番に鉄柵門を開くよう言う。

　馬車は追いすがろうとする人々を蹴散らすようにして、玄関前のプロムナードに入った。フローラは座席にもたれ、何度も深呼吸して気持ちを落ち着けようとする。

（しっかりするのよ、しっかり、フローラ）

ウィンザー屋敷は、扉に鍵を下ろし静まり返っていた。

フローラは玄関の獅子の形をしたノッカーを強く叩く。

「あけてちょうだい。わたしです」

「奥様！」

慌ただしく鍵を外す音がして、中からウィルが扉を開けた。フローラは素早く身体を滑り込ませて、屋敷の中に入った。

扉に再び鍵をかけたウィルが、切羽詰まった顔で言う。

「ああ奥様、よくぞお帰りくださいました」

屋敷のあちこちから、息を潜めていたらしい使用人たちがぞろぞろと玄関ホールに集まってきた。

「若奥様、ご指示をください」

「奥様、ご当主様がこんなことになって、どうしたら――」

「屋敷の周りに、物見高い見物人や新聞記者たちが集まっていて、買い物にも出られません」

使用人たちはみなうろたえている。

フローラだって、ほんとうは手放しで泣きたいほど不安だ。けれど、この家の女主人は自分なのだ。しっかりしなくちゃ。

　フローラはひと呼吸置いてから、なるだけ落ち着いた声を出そうとした。

「いいこと、旦那さまが罪を犯すわけがないわ。こんなことは何かの間違いで、すぐにお戻りになります。それまで、わたしたちはこの屋敷を守っていく義務があります」

　使用人たちがしんと静まりかえる。

　彼らは、頬を上気させ決意に満ちて話すフローラをひたと見つめた。

「旦那さまがお帰りになるまで、いつもと同じ生活をしましょう。なにも恥じることはしていないのですから。買い物に出にくければ、備蓄してあるものでしばらくはしのぎましょう。こんな時だからこそ、みんな心をひとつにして、旦那さまを信じるのよ」

　使用人たちは、感極まった表情になる。

　ウィルが皆から一歩前に出て、うやうやしく頭を下げた。

「かしこまりました、奥様のご指示に従います」

　続けて使用人たちが揃(そろ)って頭を下げ声を一つにする。

「かしこまりました、奥様」

　ウィルの指示のもと、使用人たちはてきぱきとそれぞれの仕事に戻っていく。

「はー……っ」

　このわたしが大勢の前で話をするなんて――フローラは緊張が途切れて、へなへなと玄関ホールの椅子に座り込んでしまった。

と、ノッカーの音がし、ウィルが覗き窓から相手を確認してから扉を開けた。

荷物配達人が来たようだ。

小荷物を受け取ったウィルが、フローラに歩み寄る。

「奥様、奥様にお荷物が届いております。ご当主様からのようで――」

「旦那さまから？」

差し出された小荷物は三十センチ四方の紙箱で、綺麗なリボンで飾られてあった。どうやら、以前にクレメンスが注文してあったもののようだ。

「なにかしら……」

膝に置いてリボンを解き、箱の蓋を開ける。

「あっ……」

そこには純白の真珠で飾られた真っ白なハイヒールが入っていた。サイズはぴったりフローラに合っていて、この上なく繊細で美しい靴だ。

「綺麗……」

靴箱の隅にカードが入っている。

そっと開くと、クレメンスの滑るような筆記体で短いメッセージが書かれてあった。

『私の美しいシンデレラへ　結婚式にはこれを履いて、堂々と私と歩いて欲しい。もう君はなにも恐れなくていい。私が一生君の側にいるから――クレメンス』

「ああ……クレメンス……！」

感動で涙が溢れてくる。フローラはカードをぎゅっと胸に押し当てて目を閉じた。

クレメンスはちゃんとわかっていたのだ。

フローラの押し隠していた気持ちを。

自分がほんとうに望んでいたことを、クレメンスはかなえてくれた。

これほど真摯に向き合ってくれている男性が、他にいるだろうか。

フローラはゆっくり瞼を上げ、キリッと顎を引いた。

「ウィルさん。わたし、出かけます。着替えの支度と馬車の手配をお願いします」

ウィルは戸惑ったように尋ねる。

「どちらにお出かけですか？」

フローラはにっこり微笑む。

「もちろん、旦那さまに会いに、警察署に。あの人に会って、きちんと話をお聞きしなければ」

ウィルが顔をほころばせた。

「かしこまりました！　今すぐに！」

フローラはすっくと立ち上がる。

もうなにも怖くない。

自分を信じて――。

警察署に到着し、侍女を伴って受付に名乗り出る。

「クレメンス・ウィンザーの妻です。夫に面会させてください」

さすがに侯爵家が相手なだけに、警察の応対は丁重だった。

クレメンスは一般留置場ではなく、外側から鍵のかかる小さな部屋に待機させられているらしい。

面談室に案内されて椅子に座って待っていると、奥の扉から警察官に伴われてクレメンスが現れた。髪はきちんと撫でつけられ服装の乱れもなく、いつもと変わらないクレメンスの姿にほっとする。

「旦那さま……！」

思わず立ち上がると、クレメンスは驚いたように目を見開いた。

「フローラ、君がここへ来るなんて――」

二人は万感の思いを込めて見つめ合う。

付き添ってきた警官は、

「私は扉の外で待機しております。面会時間は半刻です。時間が来たら声をかけます」

と言って、面談室を出て行った。

「ああ旦那さま！」

フローラは思わずクレメンスに抱きついていた。

クレメンスは一瞬きゅっと強く抱き返してくれた。

「フローラ、こんなことになってすまない――」

耳元で艶めいた低い声で謝られ、胸が詰まる。

クレメンスはフローラの肩に手を置き椅子に座らせると、自分も向かいの椅子に腰を下ろした。

彼はフローラの両手を握り、まっすぐこちらに顔を向けた。

「まず、これだけは信じてほしい。私は彼女に指一本触れてはいない」

フローラは深くうなずく。

「ええ、わかっています」

クレメンスはぽつりぽつりと話し出した。

「ケイト嬢が私に執着しているのはわかっていたので、相手にしないようにしていたのだが。今日の帰り際に、彼女が新しい恋人ができたので紹介するから、信頼できる男性か見届けて欲しいのでレストランで会ってくれ、と言ってきたんだ。私は少し油断していた。彼女がこれでもう私につきまとわなくなると思って安堵して、うまうま彼女の言葉に乗ってしまったんだ」

「そうだったんですか――」

「部屋に入るなり、ケイト嬢は自ら服を乱して悲鳴を上げたんだ――止める間もなかった」

「どうして、警察にそう言わなかったのですか？」

「それは――」

クレメンスは苦渋の表情を浮かべる。

「彼女を、そこまで追い詰めた私に責任があると感じたからだ。きちんとケイト嬢に私の心情を話しておけば、こんなことにはならなかったかもしれない。君を傷つけ、大変な事態に巻き込んでしまった――だから」

クレメンスは絞り出すような声を出す。

「私と別れよう」

「！」

フローラの喉の奥がひくっと鳴った。

クレメンスは切々と言う。

「今ならまだ結婚式を挙げていないし、世間的には君の経歴に傷がつくこともない。不祥事を起こした私とは、別れた方が君のためだ。もともと、互いの利益のための結婚で――」

フローラは強く首を横に振り、クレメンスの言葉を押しとどめる。

「いいえ！　わたしは絶対に別れません！」

クレメンスは目を見張り、言葉を呑み込んだ。

フローラは決意を込めた表情で言う。

「わたしはあなたの妻でいたいの――だって、愛しているんです」

「っ――！」

クレメンスが胸を突かれたような表情になる。

フローラは偽りのない言葉を素直に口にできた。

「ずっとずっと、好きでした。愛していました――でも、自分に自信がないから言えなかった。だから、合理的結婚でも、嬉しくて受け入れてしまったの」

「フローラ――」

クレメンスは視線を落とし息を吐いた。

「私は、過去に結婚に失敗した男だ」

「……」

フローラはクレメンスの口調に懺悔の色を感じ、黙って耳を傾けた。

「若い頃、結婚など家同士の利益のための儀式にすぎない、などとイキがっていた。だから、親同士の決めた相手との愛のない結婚を承諾したのだ。だが、そんな心無い私の態度を、相手の女性は受け入れ難かったんだろう。彼女は別の男性と本当の恋をし、私との結婚式当日に、その男性と駆け落ちしてしまったんだ」

「まあ……」

「相手の家から、その女性と家の名誉のために、男の私の方に落ち度があったことにしてほしいと懇願され、贖罪の気持ちで受け入れた。だが、私はもう二度と結婚はすまい、と思ったんだ――私は女性を愛することのできない、性格的に欠陥のある人間だと思い込んでいたんだ――」

「そんな……」

クレメンスがゆっくりと顔を上げ、こわいくらい強い視線で見つめてきた。

「けれど、君に出会って、それは間違いだとわかったんだ」

「え……?」

「君を、愛している」

「っ……!」

フローラは我が耳を疑う。

狼狽えて答えに窮していると、クレメンスが真摯な声で繰り返した。

「君を心から愛している」

「……」

フローラは胸が詰まって声にならない。

クレメンスの静謐だが熱の籠った表情に、真実の愛情を見出す。

「私から言うべきだったのに。私こそ君に愛されていないと思い込んで、臆病になっていた。女性から告白させるなんて、私はずいぶん卑怯な男だ」

フローラは首をふるふると横に振る。

「どちらが先かなんて、関係ありません。心が通じて、ほんとに嬉しい……」

言葉の最後が嬉し涙に震える。

「フローラ」

クレメンスがため息とともに名前を呼び、そっと壊れ物を扱うみたいに優しく抱きしめてくれる。

「旦那さま……わたしの旦那さま」

フローラは広い胸に顔を埋め、言葉を味わうみたいに何度も口の中で繰り返した。

クレメンスが額にそっと口づけし、そのまま唇が下りてきてフローラのそれに重なる。

「ん……」

温もりとともに互いの思いの丈を伝え合うように、何度も何度も唇を合わせた。

しばらく二人は言葉もなくただ抱き合っていた。

やがて、フローラは決心したように顔を上げる。

「わたしがケイトさんに会ってきます。真実を話してくれるように」

クレメンスが首を振る。

「いや、余計に彼女は話すまい」

「でも……!」

「私が話そう。ケイト嬢に面会を頼み、心を尽くして話をしようと思う」

「あの方が受け入れてくださるでしょうか……」

「何事もまず、言葉にしなければ分かり合えない。そうだろう？」

「はい、そのとおりです」

二人が今後のことを小声で相談している時だった。

こつこつと慌ただしく外側から扉がノックされ、警察署長らしき太り肉の人物が入ってきた。後ろから、何人もの警官が続く。

フローラはもう面会時間が終わったのかと思った。

警察署長はクレメンスの前まで来ると、恭しく頭を下げた、

「侯爵様、長いことこのような場所に拘束いたしまして、誠に申し訳ありませんでした——あなた様を解放いたします」

クレメンスは一瞬無言で相手を見つめる。

フローラも急展開の出来事に目を丸くした。

クレメンスは落ち着いた口調で言う。

「無論私は無実なので当然のことだが、いったいどういう風の吹き回しなのだね？」

警察署長は丸い顔に浮かぶ汗をハンカチで何度も拭いながら、腰を低くする。

「誠に申し訳ありません。実は、この事件はあなた様を陥れるために仕組んだものだと、共犯

者が自首して参りまして――ハリスン令嬢にも質しましたところ、すべて狂言であると自白しました」

「共犯者……？　誰が、そんな？」

フローラは思わず声を上げた。

警察署長はますます汗を掻きながら答える。

「レイノルズ男爵という青年が、奥様への恋の逆恨みから共謀したと――」

「ええっ？　レイノルズ男爵さまが……!?」

信じられない。

あんなに朴訥で誠実そうな人が、フローラへ逆恨みなどと――。

それでも、最後にはレイノルズ男爵が考え直して自ら罪を告白したことに、彼の善良さが表れていると思った。

信じていてよかった――やはりクレメンスには一点の曇りもなかったのだ。

「では、私はもう妻と家に帰ってよいのだな？」

クレメンスがフローラの肩にそっと手を回した。

「はい、無論でございます。こちらで馬車を手配いたします。あと――騒ぎを起こした二人を、告発なさいますか？」

警察署長の言葉に、クレメンスはきっぱり首を振る。

「いや。若い男女が恋に目が眩(くら)んでの、勇み足な行動であると解釈する。警察も、若い二人の将来を考え、説諭で止めておいてくれ。この件は、これでおしまいだ。警察の不首尾を咎(とが)めることはしない」

警察署長は心からほっとしたような表情になる。

「侯爵様、寛大なお心遣い感謝します」

クレメンスは鷹揚にうなずき、フローラに顔を振り向けた。

この上なく優しい笑みが浮かんでいる。

「ではフローラ、共に我が屋敷に帰るとするか」

フローラは喉元まで込み上げてくる涙に耐え、無言でうなずいた。

でも。

警察側が手配した馬車に乗り込んだ途端、今までの極度の緊張が解けて、どっと泣き出してしまった。

「ううっ……旦那さま……よかった……ほんとうによかったです……！」

嗚咽が止まらない。

隣に並んで座ったクレメンスが、両手で震えるフローラの肩を抱きかかえ、額や頬に触れるだけの柔らかな口づけを繰り返す。

「フローラ、フローラ。さぞ心細く辛かったろうに、よくぞ私を訪ねてきてくれた。君の真心がほんとうに身に沁みた」

「旦那さま、旦那さま……」

「愛しい可愛い、私のフローラ」

二人は二度と離れまいとするように互いの背中に腕を回し、強く抱き合った。

そして、繰り返し繰り返し愛しい人の名前を呼び合ったのだ。

屋敷に到着すると、先に警察から連絡を受けていたらしいウィルと使用人たちが、玄関前の階段に勢揃いして待ち受けていた。

馬車から下りてきた二人を、一歩前に進み出たウィルが涙声で迎える。

「ああご当主様、ご無事のお戻り、心よりお喜び申し上げます」

クレメンスはフローラの肩をしっかり抱いたまま、柔らかにうなずく。

「うん、みんな心配かけた。混乱もなく待っていてくれたようだな」

ウィルがフローラに向かって頭を下げた。

「すべて、若奥様の采配でございます。ほんとうにご当主様は、素晴らしい女性をお選びになりました」

「うんうん。その通りだろう？　彼女ほどの女性は、世界中探してもどこにもいない」

クレメンスが自慢そうに言ってフローラに片目を瞑ってみせたので、思わず失笑した。

まずは部屋でひと休みしようと、二人は夫婦の部屋に戻った。

居間のテーブルの上には、ウィルが気を利かしたのかお茶の用意がされてある。

「お茶を淹れましょうか」

フローラが声をかけると、ソファに深く腰を下ろしたクレメンスは、シャツの襟元を緩めながらうなずく。

「うん、お願いするよ」

ふと彼は、テーブルの隅に乗せてあった靴箱に目をやった。

「おや、もしかして私のプレゼントが届いたのか?」

フローラは目元を染めた。

「はい——素敵なハイヒールをありがとうございます」

クレメンスがゆっくりと立ち上がった。

彼は靴箱から大事そうに真っ白なハイヒールを取り出すと、フローラを片手で促した。

「お茶は後でいい。君、そこに座りたまえ」

「はい?」

フローラは手にしてたポットを置くと、言われるままソファに腰を下ろした。

クレメンスはその前に跪き、フローラのドレスの裾をそっと巻き上げた。足首を持ち上げ、履いていたペタンコ靴を脱がせる。

「あ——」

彼の手が肌に触れると、動悸がコトコト速くなる。

そのまま白いハイヒールを履かされた。

「うん、サイズはピッタリだ」

クレメンスが満足げに言う。

彼は立ち上がると、片手を恭しく差し出す。

「奥様、お手をどうぞ」

フローラは一瞬ためらったが、すぐに彼に手を預けておもむろに立ち上がった。

「あ」

初めて履くハイヒールに、少し身体がぐらつく。クレメンスが力強い手で支えてくれた。

「どうかな?」

今まで見上げていたクレメンスの顔が少し低くなって、視線がまっすぐかち合う。

「なんだか……不思議な気持ち。世界が違って見えます」

フローラの手を握ったまま、クレメンスが一歩後ろに下がる。

「素敵だ。すらりとして姿勢がよくて。こんなにスタイルのいい女性は、この世広しといえど、君だけだ」

クレメンスの大げさな表現にフローラは笑おうとしたが、顔がくしゃっと歪んで涙が溢れてしまう。

「あ、ありがとうございます、旦那さま……わ、わたし、こんな日がくるなんて思っていませんでした……ハイヒールを履けるなんて……」

クレメンスは握っていたフローラの手の甲に、唇を押し付けた。

「フローラ。あらためて、君に申し込む」

フローラはまっすぐクレメンスを見つめた。

クレメンスも真摯に見返してくる。

「私と結婚してくれ。合理的結婚なんかじゃない、心から君が欲しい。君を愛しているから、ずっと一緒に生きていきたい」

フローラは感動で眩暈がしそうだった。

心通わせた男性からのプロポーズ。

どんなに夢見ていたことだろう。

やっと見つけたのだ。たった一人の愛を捧げる大事なひとに。

「はい……」

涙に震える声で答える。

「はい、結婚します。あなたを愛しています、クレメンス」

「フローラ」

どちらからともなく、引き付け合うように抱き合った。

フローラは顔を寄せてきたクレメンスの首に抱きつき、愛を確かめ合う触れるだけの口づけを繰り返す。そのうち気持ちが昂ぶってきて、口づけは舌を絡める深いものへと変わっていく。

「ん……ふ、ん……」

クレメンスの情熱的な舌の動きに、始めは夢中で応えていたが、みるみる身体の力が抜けてしまう。クレメンスが頽れそうなフローラの背中をしっかり抱きかかえ、さらに深い口づけをしかけてきた。

「はぁ……あぁ、は……んんぅ」

もはやクレメンスのなすがまま口腔を掻き回され、うっとりと口づけを甘受する。じりじりクレメンスの身体に押されて後退し、最後には部屋の壁とクレメンスに挟まれる状態で身動きを阻まれた。

長い長い口づけの後、ちゅっと音を立ててクレメンスの唇が離れた時には、もうフローラは立っているのもやっとの状態だった。体温が上がり脈動と呼吸が乱れている。

「ああ……旦那さま……」

熱っぽい潤んだ瞳で見上げると、クレメンスもまた同じように妖しい眼差しで見つめてくる。

「フローラ――今すぐ、君が欲しい」

欲望に掠れた声でささやかれると、身体の芯がきゅんと甘く疼いた。

「わたしも……」

恥じらいながら答えた途端、再び強く唇を塞がれ、同時にクレメンスの片手が胸元をまさぐってきた。クレメンスは襟ぐりから強引に手を潜り込ませ、性急な動きで乳房を揉みしだく。

「んんっ……んんぅ」

繊細な指先が探り当てた乳首をねっとりと撫で回すと、たちまち淫らな疼きが下腹部を襲い、せつない気持ちが迫り上がってくる。

「ふぁ……あぁ、は……ぁ」

ツンと勃ち上がった乳首を小刻みに上下に揺さぶられると、隘路の奥がじわりと甘く蕩けてくる。妖しい欲望に腰がもじもじとうごめいてしまう。

「もう、感じてしまった？」

口づけの合間に色っぽい声でささやかれ、かあっと身体中に熱い血が駆け巡る。

片手で乳房を愛撫しながら、クレメンスの片手がスカートを手繰り上げ、あらわになった太腿をゆっくりと撫で回す。妖しい期待にぞくぞく背中が震えた。

「あっ……」

太腿の狭間に手が忍び込み、ドロワーズ越しに股間に触れると、びくんと腰が浮いた。秘裂がすでに恥ずかしいほど潤っているのが自分でわかる。

ドロワーズの裂け目から指を忍び込ませて割れ目に触れたクレメンスが、忍笑いする。

「ふふ――もうぐっしょり濡れているね」

「ん……いやぁ……」

くちゅくちゅと水音を立てて蜜口を掻き回され、フローラは羞恥に顔を赤くする。クレメンスの長い指が愛蜜を掬い上げてぬるぬると陰唇を上下すると、あまりに心地よくて、もっとして欲しいとばかりに腰がくねってしまう。

「あ……ぁん、あぁ」

「どんどんいやらしい蜜が溢れてくる——こんなに感じやすくなって、いやらしいね」

唇から耳朶の後ろに移動したクレメンスの唇が、耳の裏に濡れた舌を這わす。

「や……耳は……あぁっ、あん」

感じやすい箇所を刺激され、内壁がひくひくうごめいてフローラを追い詰めてくる。

やがてクレメンスは指の腹でたっぷり愛液を受けると、それを塗りこめるみたいに秘玉に触れてきた。

「ああっ、あ、そこも、だめぇ……っ」

充血してきた陰核をぬるぬると転がされると、強い快感が身体の中心を何度も走り抜け、膝の力が抜けてしまう。

「ああすごいね、愛蜜が洪水みたいに溢れてきて」

クレメンスはくりくりと秘玉を転がしながら、熱い息と共にいやらしい言葉を耳孔に吹き込んでくる。その恥ずかしい言葉にすら甘く感じ入ってしまい、もはや与えられる淫らな悦びに逆らえない。

「あぁ、は、はぁ、だめ、も……もうっ……！」

鋭敏な蕾を柔らかくしかし追い立てるように擦り上げられ、フローラはあっという間に快感を極めてしまう。

鋭い喜悦が脳芯を犯し、フローラはひくっと大きく息を呑んでびくびく腰を痙攣させた。

「ああ、あ、ああっ……っ」

短い絶頂の熱が冷めやらぬうちに、クレメンスの長い指がひくつく媚肉の奥に潜り込んできた。

「熱い——きゅうきゅう物欲しげに指を締め付けてくる」

クレメンスの節高な指が、恥骨のすぐ裏の弱い箇所を的確に探り当てる。

「やあっ、そこ、そこいや……っ」

深いせつないくらいの快感に、きゅうっと媚肉が収縮した。

「嘘つきだね、ここが好きなくせに」

クレメンスが少し意地悪く笑い、埋め込んだ指をぬちゅぐちゅと抜き差しさせては、感じやすい媚肉の天井を擦る。

「あぁ、あ、はぁ、あぁぁあっ」

刺激されるとそこがぷっくり膨らんで、さらに受ける刺激が強くなる。深い悦楽が生まれて膣腔全体に染み渡っていく。

「ふ、あぁ、あ、や……も、あぁ、くる……またっ」

さざ波のように押し寄せた愉悦がぐんぐん大きくなり、勢いを増して迫り上がってくる。

「あ、あぁっ、は、あぁ、だめだめ、あぁあっ」

瞼の裏で火花がちかちか点滅し、思考が溶けていく。

クレメンスが指を鈎状に曲げて、感じやすい部分をぐぐっと押し上げてきた。

「んんっ、あ、も、あ、んんんぅっ」

抗いきれない深い快楽に呑み込まれ、フローラは喉を開いて掠れた悲鳴を上げて再び達する。

「……っ、はぁ、は……あぁ、あぁあ」

乱れた呼吸に合わせて、内壁がきゅうきゅう収斂してクレメンスの指を喰む。

「可愛いね——感じやすい、可愛い身体だ」

クレメンスがぬるりと指を引き抜きながら、甘い声でささやく。

「もう、私が欲しくてたまらないだろう?」

火照った頬をぬらりと舐め上げられ、媚肉が大きく震える。

「や……そんな……」

わずかに残った羞恥心に首を小さく振るが、濡れ襞は飢えきっていて、早く埋めてほしいとせわしなくうごめいてフローラを追い詰める。

「言ってほしい――私が欲しいと、君の口から、言って――」

艶めいた声が鼓膜を刺激して、期待にひくついた媚肉のあわいからは、はしたないほど愛蜜が吹き零れて太腿までぐっしょり濡らしている。

「ああ……欲しい……旦那さま……」

フローラは消え入りそうな声で言う。

「もっとはっきり言っておくれ」

促されて、少し声を張り上げた。もはや恥ずかしさよりも、クレメンスへの欲望の方が遥かに勝っていた。

両足をわずかに開き、求めるみたいに腰を突き出す。

「欲しいの、旦那さまが欲しい。旦那さまの太くてたくましいもので、満たしてください。うんと突いて、お願い……っ」

「いいとも、可愛いフローラ――」

クレメンスは深いため息を吐くと、素早くトラウザーズの前を肌けた。そのまま壁にフローラの背中を強く押し付け、片足を抱え上げた。

「あ……ん」

濡れ果てた陰唇が大きく開いてしまう。クレメンスは腰をそこへ押し当ててくる。

ぬるっと太い亀頭の先端が媚肉を撫でただけで、腰がぞくりと跳ねた。

「フローラ」

名前を呼ばれるのと同時に、どぷりと鈍い音を立ててクレメンスの熱い肉塊が侵入してきた。

「あああーっ」

太い肉茎で媚肉を掻き分けられた瞬間、フローラは短い絶頂を極めてしまい、背中を仰け反らして喘いだ。

「もう達ってしまった?」

吐息で笑われ、再び軽く極めてしまう。

クレメンスがぬるりと先端の括れまで引き抜き、再びずんと深く穿ってきた。

「はぁあっ、あ、また……っ」

続けて軽く達してしまう。

「すごい。きりがないね」

クレメンスが息を乱し、さらに深く突き入れてくる。

「あ、ぁ、あぁ、あ」

クレメンスの充溢した欲望が子宮口まで届くと、そこがやわやわと蠕動して先端に吸い付き、さらに奥へ引き込もうとする。

「熱い、きつくて——最高だよ」

クレメンスが緩やかに腰を穿ってきた。

「はぁ、あ、あぁ、はぁあっ」

時々深く挿入したまま小刻みに揺さぶられると、子宮全体にどうしようもない深い悦びが拡がり、頭が真っ白になった。

最奥に突き入れられたまま大きく掻き回されたり、小刻みに突き上げられたり、クレメンスの多彩な腰の動きにフローラは翻弄されてしまう。

「あ、あぁ、すごい……あぁ、すごいのぉ、旦那さま……っ」

両手をクレメンスの首に巻きつけ、さらに密着しようとする。

「ここが悦いのだね、きゅうきゅう締まって、たまらないよ」

クレメンスもせつない声を漏らし、しかし果敢に蜜壺を攻め立ててくる。

「や、もう、おかしく……あぁ、だめ、そんなにしちゃ……だめぇ」

「おかしくなっていいんだ――ほらもっと乱れて」

クレメンスはフローラのもう片方の足も抱え上げた。

「あきゃ……っ、や、こわい……っ」

繋がっている部分だけで身体を支えているような錯覚に陥り、フローラは夢中でクレメンスの背中にしがみ付く。

「ああまた締まった――素晴らしいよ、フローラ、フローラ」

クレメンスは熱に浮かされたみたいに名前を連呼し、腰を激しく打ち付けてきた。

「んあぁあっ、あ、だめぇ……壊れちゃう……あ、あぁぁっ」

襲ってくる喜悦の波になけなしの理性も押し流され、フローラはただただ与えられる激烈な快楽を貪った。

クレメンスの背中に爪を食い込ませ、肩に歯を立て、あられもなく喘ぎ乱れた。

「あ、すごい……あ、また……また達く……あぁ、また達くぅ……っ」

もはやリミッターが振り切れたみたいに、愉悦は後から後から襲ってきて、意識が朦朧としてくる。

「あぁ、旦那さま……もっと、あぁ、もっとめちゃくちゃにして……あぁ、もっとぉ」

フローラは無意識にいやらしい言葉を叫んでいた。

「いいとも、好きなだけ、おかしくしてやろう」

クレメンスはフローラの腰を抱え直すと、最後の仕上げとばかりに一心不乱に腰を抽挿し続けた。

「あん、ああん、すごい、あぁ、すごい……っ」

子宮口を深々と抉られるたびに、どうしようもなく感じ入ってしまい、涙目になりながら黒髪を振り乱した。

「ああもう——私も終わりそうだ、フローラ、達くよ、いいか?」

「んんぅ、あ、きて……お願い、一緒に、あぁ、一緒に……っ」

「フローラ、私のフローラ」

「あぁ、あ、旦那さま、好きっ……愛してるっ」

二人は同じ律動を分かち合い、高みに向かって共に上っていく。

「あぁん、あ、もう達っちゃう……あぁ、旦那さま……っ、達くっ」

「私も――達くぞ、出すよ、君の中に――っ」

「あ……あ、ください……いっぱい……も、あ、あぁ、だめぇ、あああぁあっ」

「フローラ――っ」

ぐいっと膨れた先端が子宮口を突き上げた途端、フローラはびくびくと全身を痙攣させて激しく絶頂を極めた。その断続的な締め付けに、追いかけるようにクレメンスが熱い欲望の飛沫を浴びせた。

「……ぁ、あぁ、あぁん……あぁ……」

クレメンスがすべてを出し尽くすまで腰を強く何度か突き上げ、その度にフローラの感じ入った媚肉は白濁を搾り取るように締め付けを繰り返す。

やがてクレメンスの動きが止まり、二人は乱れた呼吸を繰り返しながらしばらく快感の余韻に浸っていた。

「あ……はぁ、は……ぁ……ぁ」

「最高だったよ――私のフローラ」

顔を起こしたクレメンスが、優しく口づけをくれる。

「……はい、わたしも……」

フローラは頬を染めて、口づけを受ける。

徐々に愉悦の波が引いていき、クレメンスがそっとフローラの足を下ろし、中から抜け出ていく。

「あ……ん」

とろりと愛液と白濁液のまざったものが掻き出され、あまりの淫らな感触に内腿がぶるっと震えた。

「ひどい有様にしてしまったかな」

クレメンスがフローラの乱れた髪を撫でつけてつぶやく。

「いいえ……とても悦かったから……」

恥じらいながらも答えると、いきなりさっと横抱きにされた。

「あっ？」

「なら、もっとひどくしてあげようかな」

クレメンスが意地悪く笑う。

そのまま寝室に運ばれるので、フローラは狼狽える。

「ま、待って……す、少し休ませてください」

「だめだ、気のすむまで君を味わうんだ」

クレメンスが子どもみたいな口調で言う。

「もう無理です……だめ……む、んんぅっ」

抗議の言葉は激しい口づけで奪われてしまう。

そのまま有無を言わさずベッドに押し倒され、着ているものを次々脱がされていく。

あっという間に一糸まとわぬ姿にされて、フローラは諦め口調で懇願する。

「や……もう、ひどい……お願い、優しくして……」

「わかった、今度はじっくり、君のすみずみまで愛してあげる」

自分の服をもどかしげに剥ぎ取りながら、クレメンスが性急に言う。

そして、全裸になったクレメンスが覆いかぶさってきて——。

「やぁあ……ん」

フローラは甘い悲鳴を上げ、男の情熱に押し流されていく。


翌日の午後のことだ。

ウィンザー家に、ケイトとレイノルズ男爵が揃って謝罪に訪れた。

クレメンスに手を握られ応接間に入ったフローラは、ケイトがあまりにやつれ果てているのに胸が突かれた。レイノルズ男爵も緊張した表情で顔色が悪い。

　二人の姿を見ると、ソファから立ち上がったレイノルズ男爵は深々と頭を下げた。

「このたびは、私たちの軽率な行為で、お二人に多大なご迷惑をおかけしたことをお詫び申し上げます」

　レイノルズ男爵はソファにぐったり座り込んでいるケイトに、優しく手を差し出した。レイノルズ男爵に抱え上げられるようにして立ち上がったケイトは、虚ろな表情で無言で頭を下げる。

　その姿はあまりに痛々しく、フローラは彼女のした卑劣な行為に怒る気持ちが少しも湧かなかった。

　レイノルズ男爵は誠意を込めて言う。

「ケイト嬢はこのようにとても深く反省しています。もともと、男である私が彼女の暴挙を押しとどめるべきでした。今回の事件は、僕に責任があります。どうか、お二人ともケイト嬢だけでも寛大なお気持ちでお許しください」

　クレメンスはフローラに目配せした。

　彼の言いたいことを察したフローラは、黙ってうなずく。

「レイノルズ男爵、ケイト嬢。私たちは、もはやこの件は不問にすると決めている」

　うなだれていたケイトが、はっと顔を上げる。

　フローラは笑みを浮かべる。

「どうか、お二人とも、前を向いて新しい人生を歩んでください。そして、どうかいつか本当の幸せを見つけますように」

「お、奥様――も、もうしわけ、あ、ありませんでした」

ケイトが嗚咽に咽ぶ。

震える彼女の背中を、レイノルズ男爵がそっと摩った。

短い訪問で、二人は帰って行った。

悄然として歩き去るケイトとレイノルズ男爵の背中を、フローラは窓から見送った。

「恋って素晴らしいけれど、時として、人を恐ろしく変えてしまうものなのですね」

クレメンスが背後からそっとフローラの肩を抱く。

「そうだな――でも、我を失うほどの情熱の至福は、また恋でないとわからないものだ」

フローラは肩に置かれたクレメンスの手に、自分の手を重ねる。

自分たちもそうだった。

恋のなんたるかを知らず、乱れた感情に翻弄された。

誤解も思い込みもあった。

でも今、真実の愛に辿り着き、こんなにも穏やかで満たされて幸せだ。

「愛しています、旦那さま」

クレメンスが愛おしげにフローラの髪の毛に顔を埋めてくる。

「私も愛している。私だけの可愛いフローラ」

フローラは胸にいっぱい溢れる甘い気持ちに、涙が出そうになる。

でも、ぐっとこらえた。

来年早々には結婚式。

涙はそれまで取っておこう。

「今度、二人してサイクリングに行きましょうか。私、一人で自転車に乗ってみたいの」

顔を振り向けて最高の笑顔を浮かべる。

クレメンスもとびきりの笑みを返してくる。

「そうだね。前回はあまりにみっともないところを見せてしまったからね。やり直しだ。弁当を持って、また木陰で君の歌を聴きながら昼寝をしたいね。最高だ」

「ええ！　最高ですね！」

二人はごく自然に顔を寄せ合い、口づけを交わした。

繰り返し繰り返し、愛を分かち合うように——。

最終章　わたしの素敵な旦那さま

「もうっ、絶対にあの人を許さないんだからっ」

妹のコニーが、居間のソファにふんぞりかえり、可愛らしい頬をぷっと膨らませた。

「そう言ってうちに泊まりに来るの、もう何度目よコニーったら……」

フローラは呆(あき)れ顔でお茶のお代わりを差し出した。

フローラとクレメンスが、首都の大聖堂で華々しく結婚式を挙げてから、半年が経っていた。

二人の仲はますます甘いものになっていたが、最近、近くに住む妹のコニーがしょっちゅう泊まりにくるのには閉口していた。

原因は、コニーの夫のチャールズの女遊びだ。

彼は女癖が悪く浮気を繰り返し、コニーを嘆かせているのだ。

フローラは内心、チャールズに振られて良かったと、ホッとしているくらいだ。

だが、大事な妹を泣かせる彼の振る舞いは許し難いと思う。

「お姉様、私、チャールズと離婚しようかしら」

コニーが思いつめた顔で相談してきた。フローラはあんなに美人だったコニーのやつれた顔を、胸が塞がる思いで見た。

「コニー。あなたが一番いいと思うことをしたほうがいいわ」

「やっぱり、そうよね……」

コニーが複雑な表情をする。

と、侍女があたふたと現れた。

「奥様、今、ブラウニー男爵様がおいでで——あの、旦那様とご一緒です」

「え？」

「一緒に？」

フローラとコニーは、同時に声を上げた。

そこに、少し厳しい表情のクレメンスと意気消沈の面持ちのチャールズが入ってくる。

「おかえりなさいませ、旦那さま」

フローラが立ち上がって迎えると、クレメンスは表情を緩めた。

「ただいま、フローラ。客人を連れてきたよ」

クレメンスは、横に俯いて立っているチャールズを前に押しやる。

「さあ、きちんと君の奥様に謝罪するんだ」

チャールズは青ざめた顔でコニーの足元に跪いた。

「コニー、今まで君を悲しませて、すまない」

コニーは顔を背けて返事をしない。

クレメンスがコニーに向けて誠実な声で言う。

「コニー。チャールズには私からきつく言い聞かせた。彼は生まれてくる子どものために、心を入れ替えて良い夫と父になると誓ったよ」

フローラは目を丸くする。

「ええっ？　コニーあなた、おめでたなの？」

コニーが頬を染めた。

「黙っていてごめんなさい、お姉様。わたし、だから思い余って、クレメンス様にご相談したの。クレメンス様は、誠実で信頼できるお方だから――」

クレメンスがうなずく。

「私も大事な義理の妹の危機に、手をこまねいてはいられない。チャールズを呼び出して、さんざん説教したよ」

チャールズは切羽詰まった表情でコニーの両手を取り、彼女の顔をひたと見ながらひとことひとことはっきりと言う。

「コニー。心から謝罪する。ほんとうに、君が大事なんだ。君のお腹の子どものためにも、僕にやり直すチャンスをくれ」

コニーはじっとチャールズを見つめ、やがて深く息を吐く。

「わかったわ。一緒に帰ります」

チャールズがぎゅっとコニーの手を握る。

「ありがとう、ありがとう。コニー、愛している」

コニーはチャールズに支えられて、立ち上がる。

居間を出る際に、彼女はフローラとクレメンスにかすかに微笑んだ。

「ありがとう、お姉様、クレメンス様」

クレメンスはフローラと並んで二人を見送りながら、爽やかな声で答える。

「なにかあったら、いつでも我が家に相談してくれ。チャールズ、次はないと思え」

チャールズは神妙な顔で頭を下げた。

二人が帰ると、フローラはクレメンスにそっと寄り添った。

「ありがとう、旦那さま。コニーの力になってくださって」

クレメンスはフローラの腰を優しく引き寄せ、額に軽く口づけた。

「とんでもない。女性を悲しませる男は、同じ男性として決して許さない」

フローラは思い出し笑いする。

「ふふっ。そういえば旦那さま、初めて出会った時も、そのようなことを言ってたわ」

「ん？　そうだったか？」

「そうよ、男はゲスばかりではないって。男として名誉回復したいって。あの時、わたしはなんて正義感に溢れる人だろう、って感動したの」

クレメンスが目の縁をかすかに染めて、咳払いした。

「そ、それは――」

彼は再びフローラの額にちゅっと口づけしながらささやいた。

「ほんとうは、君にもう一度会うきっかけがほしかったからなんだ」

フローラは目をパチパチさせた。

「まあっ、それじゃあ、下心だったんですね！」

クレメンスは軽く肩を竦めた。

「その通りだ――いや、正義感は確かにあったのだがね」

フローラはツンと唇を尖らした。

「もうっ。男性には呆れます。今度はわたしが、コニーの屋敷にお泊まりに行こうかしら」

今にも部屋を出て行きそうなそぶりをすると、クレメンスが慌てたように腕を掴んだ。

「待ちなさい。私は君を悲しませるようなことは、決してしない」

フローラは背中を向けたままでいた。

クレメンスが後ろからぎゅっと抱きしめてきた。

「私には君しかいない。信じてくれ」

首筋に顔を埋め、鼓膜を擽るコントラバスのような魅惑的な声でささやかれると、胸が甘くじんと痺れる。

顔を振り向け、いたずらっぽく微笑む。

「ふふっ、わかってます。冗談です」

クレメンスは目に見えて安堵した表情になるが、すぐにキリッと顔を引き締める。

「私をからかったな」

彼が背後から胸を掬うように持ち上げて、やわっと揉んできた。

「きゃ……」

フローラが悲鳴を上げて腕から逃れようと身をもがくと、クレメンスはさらに服地の上から探り当てた乳首をきゅっと摘んだ。

「あっ……っ」

甘い疼きに、フローラはびくりと背中を強張らせる。

彼女の敏感な反応に気をよくしたのか、クレメンスはそのままくりくりと両方の乳首を指先で転がしてきた。

「だめ……やめてください……んっ」

声を震わせると、クレメンスが揶揄うように言った。

「そう言いながら、もう感じているじゃないか？」

フローラは顔を振り向けて、恨めしげに訴える。

「意地悪……」

その唇に、ちゅっと口づけされる。

「拗ねる君も可愛い。フローラ、フローラ、愛しているよ」

濡れた彼の舌が、唇を割って侵入してくる。

「んっ、ふ……ぁ、だ、め……って」

抗議の声は深い口づけに呑み込まれた。

「……ん、んぁう、んんっ」

舌を絡め取られて強く吸い上げられると、あまりの心地よさに抵抗する力が失われてしまう。

ちゅくちゅくと唾液の弾ける音を響かせながら、クレメンスの片手が腰に下りて、スカートをたくし上げてくる。

「ふ……うっ」

露わになった太腿をそろそろと撫で上げられ、下腹部に大きな手が近づいてくる。

「やぁ……」

クレメンスの妄りがましい指の動きに、フローラは身じろぎして、腕から逃れようとした。

もしかしたら侍女が茶器を片付けに現れるかもしれないと思うと、気が気でない。

だが、フローラが抵抗すればするだけクレメンスの情欲を煽るようで、彼の指がドロワーズの裂け目からするりと潜り込んできた。

「あっ、あ……」

くちゅりと恥ずかしい音がして、陰唇が左右に押し開かれた。

口づけの合間から、クレメンスが熱を帯びた声でささやく。

「もう、トロトロじゃないか。ちょっと胸を触られただけで。いやらしい奥さんだ」

ぬるぬると花弁を上下に撫でながら、クレメンスが意地悪く言う。

「んぁ、あ、だって……あ、あぁ……ん」

濡れた指で秘玉を探り当てられ、そこをねちっこく転がされると、腰から下が蕩けそうになるほど淫らに感じてしまう。

「だって？」

クレメンスはさらに指の腹で膨れてきた陰核を小刻みに揺さぶる。とろりと新たな愛液が溢れてくる。

「だ、だって……旦那さまが、こんなにいやらしく、させたんだわ……」

腰をもじもじとくねらせ、フローラは恨めしげに言う。

花芽をくりくりといじられるたび、腰が大きく跳ねて、剥き出しになった尻にトラウザーズ越しにも硬く張り詰めてきたクレメンスの欲望が感じられ、さらに身体が昂ぶってくる。

「いやらしいのが、好きだろう？」

クレメンスも自分の漲った股間を押し付けてくる。そうしながらも、濡れに濡れた秘玉を擦り摘み上げてくる。

じんと下腹部の奥が熱く疼き、蜜壺がきゅうきゅうと飢えてうねり出す。

「ん……あぁ、あ、あ、好き……」

フローラは欲望に降伏し、思わず答えてしまう。

「フローラ――」

低く甘い声とともに、秘玉をきゅっと摘まみ上げられ、フローラはじゅくっと大量の愛液を噴き零して軽く達してしまう。

「あん、あぁあっ、ああっ」

びくびくと痙攣する身体を、クレメンスが背後からしっかり抱きかかえ、そのままソファに移動する。

ソファにうつ伏せにさせられ、さらに大きくスカートを捲り上げられた。背後からのしかかるような姿勢で、クレメンスがひくつく媚肉に長い指を押し入れてくる。

「もう達してしまったのかい？　ほんとうに、素直で素晴らしいよ、君は」

ひんやりした節高な指が、熟れた媚肉をちゃぷちゃぷと卑猥な水音を立てて、擦っていく。

「……あ、あぁ、は、あぁあ、あぁん……ん」

指が出入りするたびに疼き上がる愉悦に、恥ずかしい鼻声が上がってしまう。

「そんないやらしい声を立てて――使用人たちに聞かれてしまうよ」

そう咎めるみたいに言うくせに、クレメンスの指はフローラの感じやすい恥骨の裏側あたりをぐいぐい押してくる。

「やぁん……だめ、そこ……だめぇ、あ、あぁ、あ、あ」

口元に手を当てて声を押し殺しながら、フローラは痺れる喜悦に背中を仰け反らせた。

うねる膣襞が、クレメンスの指をしゃぶるみたいに締め付けてしまう。

「くぅ……あー……っ……っ」

つーんと身体の中心を駆け抜ける快感に、フローラは再び達してしまう。

でも、まだ足りない。

奥をもっと満たして欲しい。

フローラは濡れた黒曜石色の瞳で、肩越しにクレメンスを振り返る。

「んぁ、あ、旦那さま……欲しい……」

クレメンスだってはち切れんばかりに股間を漲らせているのに、彼は素知らぬ声を出す。

「ん？　なにが、欲しいって？」

フローラはもどかしげに尻を振り立てる。

「んん……ん、旦那さまの大きいのが……欲しいの……どうか、挿入れてください」

恥ずかしいおねだりをさせられて、身体中から火が吹き出しそうに熱くなる。けれど、その羞恥は、さらに淫欲を募らせるのだ。

「いいとも、いやらしくて可愛いフローラ」

背後でクレメンスがトラウザーズの前立てを緩める衣擦れの音にすら、焦れて蜜口がひくひく開閉する。

ぬちりと熱い肉塊が陰唇を割って入って来る。

「ぁあん、熱い……っ」

「フローラのここも、すごく熱い——溶けてしまいそうだ」

くちゅくちゅと何度か蜜口を掻き回した先端が、不意にずぐりと最奥まで貫いてくる。

「あぁあぁぁっ」

子宮口まで突き破りそうな剛直の勢いに、一瞬で絶頂に達してしまった。声を上げまいと指を噛んでいたのに、もう抑えきれない。

太く脈打つもので満たされる悦びに、腰が小刻みにぶるぶる震える。

「く——すごい締め付けるね——そんなに欲しかった？」

クレメンスが深い息を吐き、ゆっくりと腰の抽挿を始める。

「んぁう、ん、あ、は、はぁ……ぁあ」

ずんずんと深く穿たれるたび、どうしようもなく感じ入ってしまい、フローラは涙目で頭を振り立てる。

背後から乱れるフローラの姿を目の当たりにしているクレメンスが、上半身を倒して覆いかぶさってきて、さらに結合を深めた。

「可愛いね――私たちも、早く子どもが欲しいね」

濡れた彼の舌が耳裏を這い回り、熱を込めてささやかれる。

「ええ……あぁ、欲しい……です、旦那さまの、赤ちゃん、欲しい……っ」

それはフローラの心からの声だ。

愛する人に満たされ、愛する人の子を宿したい。

クレメンスの抜き差しが次第に速くなる。

「あぁあ、あ、あ、すごい、あぁ、すごい、旦那さま……っ」

揺さぶられるまま、フローラは悩ましい嬌声を上げ続けた。

「君も、すごく悦い――奥が吸い付いて――」

クレメンスが吐精に耐えるようなくるおしげな声を漏らし、さらに腰を押し回すようにして、フローラの内壁を掻き回す。

「あ、それだめ、あ、だめ、あぁ、また、達く……達っちゃいます……っ」

クレメンスの動きに必死で自分も腰をうごめかし、同じ律動で快感の頂点を目指して高まっていく。

「――く、私も――もう――っ」

クレメンスがぐいっと先端を子宮口に捩じ込み、フローラはびくびくと膣壁を収斂させて極めてしまう。

「あ、あぁ、あ、い、いい……っ、もぅ……っ」

「っ――」

フローラが達するのと同時に、クレメンスが熱い飛沫を最奥へ吐きだす。

「……ぁ、あぁん、熱い……あぁ、いっぱい……っ」

媚肉が最後のひとしずくまで受け入れようと、きゅんきゅん甘く締まる。

この瞬間、最高に幸せで。

愉悦の波に呑み込まれながら、フローラは全身を慄かせる。

(わたしの最高の旦那さま……)

こんなに愛されて、きっと二人の赤ちゃんが授かる日も遠くない。

そうしたら、幸せはさらに上書きされるだろう。

ずっと惨めで暗い青春を送ってきた自分に、こんなにも煌めくような幸福が訪れるなんて
――彼と出会えた運命に心から感謝する。

「――愛している、フローラ」

ため息とともに耳孔に吹き込まれる熱い言葉に、快感の余韻はさらに深くなって――。

あとがき

皆さん、初めましてとこんにちは！

すずね凜です。

今回は、行き遅れ（女性に対してなんとも失礼な言葉ですが……）の令嬢が一念発起して婚活に励むというお話です。


婚活――。

私も今よりもっと若い頃、少しだけ婚活したことがあります。

と言っても、当時の私は物書きのはしくれになりたてて、仕事を一人前になるべく頑張っている時期でして、結婚とかまったく頭になかったんですね。

で、当時はいまよりもっと世間の女性に対する差別はひどくて、「女はクリスマスケーキ」などと言われていた時代でした、つまり、売れどきは二十四歳までで、二十五過ぎるともう売れ残り、という意味です。ひどいですね、信じられませんね。年齢だけで女性を区分けするなんて。んで、私はもうとうに二十五歳を超えていたわけです。

私より両親が心配しました。

勝手に、私を結婚斡旋所みたいなところに登録してしまったんです。そこで結婚相手を見つけろと、毎日うるさくて。仕方なくと、あとはこれも物を書く経験値だろうと思って、集団お見合いに出かけてみました。

斡旋会社のビルの一室に、妙齢の男女が椅子取りゲームみたいにぐるりと丸くなって座っていました。

まずは自己紹介。

皆の自己紹介を聞いていたら、私は男女の意識の差がくっきりしているのに気がつきました。女性はほとんどが仕事をしている人で、そろそろ人生の伴侶が欲しい、と思って来ている方が多かった。

けれど、男性は家事労働をしてくれる専業の奥さんが欲しい人ばかりで、結婚したら当然女性は仕事をやめるだろうという気持ちがありありしていました。

これはなかなかカップルができにくいかな、と私は内心思いましたね。

特に、私の仕事は特殊だったので、男性に理解してもらうの大変そうだなと。

で、自己紹介が終わると、係員の合図で、まず自分の右隣の男性と五分間話をし、次は左隣、そして男性は席をずれて、また両脇の異性と会話する、という形で、次々全員と話をするわけです。そして、いいなと思った相手を書類に書いて出して、それが一致した男女はまた別室で二人きりで話をするというシステム。

でも五分で自分の何が語れます？

最後の方は、私は誰が誰だかわからなくなってしまいました。

それに、物書きだという説明をすると、男性は面白そうですね、とかいうけれど、ぜんぜん興味なさそうなんですね。それに、私は万が一結婚しても、仕事は続けたいと言いました。

こりゃ、誰も私を指定しないよな、と思いました。

案の定、私は誰とも合致しませんでした。

ひとりでその会社のビルから出てくるとき、私はもういいや、仕事に生きようと決意を新たにしました。親の気持ちと真逆ですね。

そしたら、後ろから集団見合いに参加していたひとりの男性が、私を追いかけてきたんです。食事でもしませんか、と。彼も、どの女性とも合致しなかったそうです。

おっ、ひとりでも脈があったかな、と少し嬉しい私。

近くのパスタ屋でパスタを食べながら、二人で、あんなやり方じゃ相手のことなんかぜんぜんわかりませんよね、などと愚痴をこぼしました。

私としては、その男性が私に好意めいたものを感じたから声をかけてきたのかな、と思ったんですね。

しかし。

食事後、その男性がトイレに立った後、待てど暮らせど、戻ってこないんです。待ちあぐねて店員に聞いたら、その男性は先に出て行ってしまった、と。

唖然。食い逃げかよ。

結局、私は二人分の食事代を払いました。なんかもう最悪にがっかりな結果でした（笑）

その後、私は仕事が徐々に増えてきて忙しくなり、ますます結婚とは縁遠くなるわけです。

それから幾星霜——ここには書けませんが、いろいろいろいろありました。

もはや婚活より老後の心配が必要ないい歳になって、なにがその人にとって幸せかは、結局それぞれだって、わかりました。

今の私の幸せは、甘く官能的でハッピーなお話を書いて、読者の皆様にひと時気持ちよくなってもらうことです。キリッ！


今回も、いろいろご指導ご鞭撻いただいた編集様に感謝です。

そして、美しいイラストを描いてくださった坂本先生にも多大なお礼を。ほんとに美麗なカップルに描いていただき、お話が何倍もステキになりました。

これからも、自分の幸せだと思うことに邁進していきたいと思います。

次の甘いお話を、楽しみに待っていてください！

すずね凜

蜜猫文庫をお買い上げいただきありがとうございます。
この作品を読んでのご意見・ご感想をお聞かせください。
あて先は下記の通りです。

〒102-0072　東京都千代田区飯田橋 2-7-3
(株)竹書房　蜜猫文庫編集部
すずね凜先生 / 坂本あきら先生

甘く淫らな婚活指導

2019年3月1日　初版第1刷発行
著　者　すずね凜　©SUZUNE Rin 2019
発行者　後藤明信
発行所　株式会社竹書房
〒102-0072 東京都千代田区飯田橋 2-7-3
電話　03(3264)1576(代表)
03(3234)6245(編集部)
デザイン　antenna
印刷所　中央精版印刷株式会社

Printed in JAPAN
ISBN978-4-8019-1779-8　C0193
この作品はフィクションです。実在の人物・団体・事件などには関係ありません。

溺愛花嫁
朝に濡れ夜に乱れ
すずね凜
Illustration ウエハラ蜂

おかしくなっていいよ、これが好きだろう？

花嫁選びの儀式で皇太子リュシアンの妃に選ばれ真っ青になるエヴリーヌ。美しく有能な王子は彼女に対してだけ昔からとても意地悪だったからだ。エヴリーヌをアマガエルのようだとからかい、昼夜問わず淫らな悪戯ばかり仕掛けてくるリュシアン。「やめないよ君がうんと言うまで。私の花嫁になるね？」激しく抱かれ、甘い悦楽を教えられて揺れ動く心と身体。王子の真意を測りかねている時、彼と父王との確執を知ってしまって!?

もう待たない。お前は
もはや私のものだから。

幼い頃から憧れていた美しく凛々しい皇帝レオポルドに見初められ、側室に召し上げられたシャトレーヌ。獅子皇帝と呼ばれ気性が荒いことで有名な皇帝は年より幼く見える彼女を、マ・シャトン（私の子猫）と呼んで舐めるように溺愛する。「これで――お前はほんとうに私のものだ」逞しい彼に真っ白な身体を開かれ、毎日のように愛されて覚える最高の悦び。さらにレオポルドはシャトレーヌを唯一人の正妃にすると言いだして――!?

すずね凜
Illustration 高野弓

新婚溺愛物語
契約の新妻は甘く蕩けて

なんて可愛いんだ。
僕だけの淫らな君

横暴な父親の支配から逃れるため、伯爵、クレメンスの求婚を受けたダイアナ。彼からも隙を見て逃げ出そうと目論むも、優しい彼に毎日のように甘やかされ愛されて決意が揺らいでばかり。「感じやすくて素直で可愛い身体だね」逃げようとしても引き留められ、彼と結ばれて味わう深く淫らな悦び。動物園デートや穏やかな農園の生活。クレメンスに与えられる様々な経験に頑なだったダイアナの心も開いていく。だが彼が事故に遭い!?

カタブツ騎士団長と恋する令嬢

キスだけじゃ満足できない。もっとお前が欲しい。

ローズは騎士団長アルフレッドの妹を事故から庇い負傷したことで彼から求婚される。婚約者のいたアルフレッドがそれを解消してローズに言い寄るのは義務感からだろう。彼を想うがゆえに拒絶するローズだが、アルフレッドは強引な手段まで用いて迫ってくる。「お前の可愛い反応を見ていたら欲情した」恋しいアルフレッドに熱く甘く愛され、ますます彼と離れがたくなるローズ。だが夜会で彼の元婚約者に悪意をぶつけられて⁉

年上公爵と素直になれない若奥様

政略結婚は蜜夜の始まり♡

貴女をもっと
愛してもいいかい

父の命で公爵シルヴァンと結婚したアンリエット。十一歳年上の彼は若々しく美しい完璧な男性だった。優しくされときめくが結婚前に彼が人に語っていた「一生忘れられない相手」のことが気になり素直になれない。彼女を子供扱いして抱いてくれないのも気になり酔ったはずみで胸の内を訴えてしまう。「感じているんだね。もっと味わわせてあげよう」情熱的に愛され初めて知る悦び。だがある日シルヴァンが外で怪我をしてきて⁉